历史和自然

藏在诗词中的科学

中的

谢毓洁 ◎ 著

台海出版社

图书在版编目（CIP）数据

藏在诗词中的科学 . 2, 历史和自然 / 谢毓洁著 .

-- 北京：台海出版社，2022.12

ISBN 978-7-5168-3427-5

Ⅰ . ①藏… Ⅱ . ①谢… Ⅲ . ①古典诗歌—诗歌欣赏—

中国—少儿读物 Ⅳ . ① I207.2-49

中国版本图书馆 CIP 数据核字（2022）第 203385 号

藏在诗词中的科学 . 2, 历史和自然

著　　者：谢毓洁

出版人：蔡　旭　　　　　　　　　　　封面设计：天下书装

责任编辑：员晓博

出版发行：台海出版社

地　　址：北京市东城区景山东街 20 号　　　邮政编码：100009

电　　话：010-64041652（发行，邮购）

传　　真：010-84045799（总编室）

网　　址：www.taimeng.org.cn/thcbs/default.htm

E - mail：thcbs@126.com

经　　销：全国各地新华书店

印　　刷：三河市同力彩印有限公司印刷

本书如有破损、缺页、装订错误，请与本社联系调换

开　　本：710 毫米 × 1000 毫米　　　1/16

字　　数：300 千字　　　　　　　　印　　张：24

版　　次：2022 年 12 月第 1 版　　　印　　次：2023 年 3 月第 1 次印刷

书　　号：ISBN 978-7-5168-3427-5

定　　价：105.00（全 3 册）

唐诗宋词，是中华文化的精髓部分，它们宛如一颗颗明珠一般，在历史长河中闪闪发光，等待人们的发掘和开采。品读唐诗宋词，除了能感受到古人独具风格的诗词美学外，还能透过诗中的意象，来感知世间万物的道理。

在我国浩瀚如烟的诗词遗存中，不乏名家的经典之作，这些诗词除了具备文学艺术方面的超高成就外，还多多少少地向人们昭示了与科学有关的真知。这些科学知识，有的涉及天文地理，有的涉及历史自然，有的则涉及物理化学……

很难想象那短小精悍的诗词中，竟然能蕴含如此丰富的科学知识。

当我们读到苏轼笔下的《念奴娇·赤壁怀古》时，除了感知诗人的豪情壮志外，我们还应该透过诗歌，去品读其背后所隐含的历史知识，那段硝烟四起的三国历史，以及那座被大火烧得通红的赤壁，承载了多少英雄豪杰的雄心壮志，又见证了几多风云巨变的无奈呢！

当我们读到李白笔下的《渡荆门送别》时，除了跟随诗人游览荆门的壮丽景象，感受诗人出蜀游历的豪情外，还应该透过诗歌，去发掘自然所赋予人类的奇妙景象，荆门四周那"山随平野尽，江入大荒流"的盛景，以及江中那轮摇曳生姿的圆月、空中那令人惊叹的海市蜃楼之景，都应该成为我们关注的焦点，通过它们，我们能更好地领略大自然所具有的独具特色的美感！

当我们读到陶渊明笔下的《归园田居（其三）》时，除了体会诗人隐居田园、开荒耕种的悠然自得外，还应该透过诗歌，去感受诗人向我们揭示的液化物理现象——"夕露沾我衣"，草木上的露水浸湿了诗人的衣服，这种经历，我们肯定都在生活中有所体验！

当我们读到王安石笔下的《元日》时，除了感受热闹喜庆的春节氛围外，还要跟随诗人的文字，透过诗词表达的意象，去细心聆听那一阵接一阵的爆竹声响，然后由此去思考爆竹为什么会发出巨响？看看它背后所隐藏的化学知识是什么！

……

诸如此类，只要我们足够细心，就会发现诗词中竟然蕴含着如此之多的科学知识，也才会突然领悟：原来古人在很早以前，就已经察觉了这些科学知识，并且将它们写进诗词里，在用诗词表达情感和志向的同时，也向人们揭示了最普遍而又常为人们所忽视的科学知识。

正因如此，我们特意编写了这套《藏在诗词中的科学》系列图书，本套图书共由三本书组成，分别是《藏在诗词中的科学—天文和地理》《藏在诗词中的科学—历史和自然》《藏在诗词中的科学—物理和化学》。在每本图书中，我们精选蕴含科学知识的经典诗词，在科学解读诗词的基础上，通过贴近生活的科学现象，来向读者揭示其中隐含的科学知识，帮助广大读者更好地理解诗词，同时收获诗词中隐含的科学知识，开阔眼界、增长见识，以诗词晓科学，成为名副其实的诗词小达人！

希望每一位阅读到本套图书的读者，都能重新认识诗词，更好地感知诗词中隐含的独特魅力，读有所用，学有所成！

历史篇

目录

CONTENTS

藏在诗词中的科学 CANGZAI SHICI ZHONG DE KEXUE 历史和自然

历史篇

LISHI PIAN

登幽州台①歌

唐·陈子昂

前②不见古人③，后④不见来者⑤。

念⑥天地之悠悠⑦，独怆然⑧而涕⑨下。

注释

①幽州台：指蓟北楼，旧址位于北京市大兴区。②前：过去。③古人：古代圣君。④后：未来。⑤来者：后世明君。⑥念：想到。⑦悠悠：形容时空之大。⑧怆（chuàng）然：形容悲伤凄恻的样子。⑨涕：眼泪，流泪。

翻译

回望过去，看不见古代那些贤明的圣君，放眼未来，看不到后世的贤明君王。一想到天地是如此的宽广辽阔、无穷无尽，我不由得感到伤感，眼泪不禁落下。

读诗词，学历史

《登幽州台歌》是初唐诗人陈子昂的代表作，也是一首传颂千古的名作。

小朋友们，你们知道这首诗提到的"幽州台"指的是什么吗？

幽州台又被称作招贤台，是战国时期燕国国君燕昭王下令修建的，其目的是在天下广纳贤士，吸引有为之士。由于燕昭王曾将黄金置于幽州台之上，因此它又有了"黄金台"的别称。

关于幽州台的来历，还有这样一个小故事。

战国时期，比起东南西北的征战，当时的诸侯们更注重麾下贤能之人的召集，燕昭王就是如此。燕昭王在位期间，一心想要为国家招揽贤士，每天都花尽心思来做这件事，结果却不尽如人意，甚至在不少人看来，燕昭王并不是真心寻找贤士，只不过是一时兴起而已。

一直找不到可以帮助自己治国安邦的贤士，燕昭王心中十分苦闷。后来有一天，燕昭王见到了当时的智者郭隗，并从他口中听到了这样一个故事：

　　曾有一位国君为了买到心仪的千里马，不惜花费千两黄金，但却一无所获。直到三年后的一天，这位国君好不容易得到了千里马的消息，忙差手下去买。没想到的是，还没等买回来，这匹千里马就死了。最后，这位国君的手下花五百两黄金将千里马的尸骨买了回来。国君知道后非常生气，质问手下为什么要花这么多钱买匹死马。没想到的是，这位手下却说："如果让天下人知道您愿意花这么多钱去买匹死了的千里马，肯定会有人愿意将活的千里马卖给您！"听了这话，国君的怒气消退了。更奇妙的是，没过几天，就有络绎不绝的人来向国君进献千里马了。

　　听了郭隗讲的这个故事，燕昭王似乎明白了什么，于是便将郭隗收入麾下，拜他为师，甚至还为他建造了幽州台。就这样，没过多久，"士争凑燕"的局面就出现了，诸如乐毅、邹衍、剧辛等在内的名人纷纷来到燕国，开始为燕昭王效力。很快，燕国的国力就得以壮大，燕昭王也成为当时首屈一指的国君。

科学图解·千里马

小朋友们，你们知道什么是千里马吗？这个世界上真的有千里马吗？

其实，千里马原本指的是非常善于奔跑，能够日行千里的骏马，换句话说，千里马其实就是马这一物种中的一种，是现实世界里真实存在的。

　　说到马，大家一定不会感到陌生。自古以来，马都是人类的好伙伴，它和狗、牛、羊等牲畜一样，为人们的生活带来便利，是古代人出行必选的交通工具之一，也是古代战争的必备要素。

　　除了千里马，人们熟知的马还有汗血宝马。这种马产自土库曼斯坦，是那里的国宝，就和我国的大熊猫一样，受到举国上下的宠爱和呵护。

　　汗血宝马外形高大，四肢修长，由于这种马的皮毛又薄又细，因此只要它们的身体稍稍一用力，就会呈现出全身通红的样子，看上去就好像它们的身体在流血似的，而这就是汗血宝马名字的由来。

当然，汗血宝马之所以会被人们熟知，除了它独特的外形和身体条件外，主要还是因为它有着耐力强、力量大、速度快的特点。在古代，能够拥有一匹汗血宝马，可是不少英雄豪杰梦寐以求的事呢！

登金陵凤凰台①

唐·李白

凤凰台上凤凰游，凤去台空江②自流。

吴宫③花草埋幽径④，晋代衣冠⑤成古丘⑥。

三山半落青天外，二水中分白鹭洲。

总为浮云能蔽日⑦，长安不见使人愁。

注释

①凤凰台：地名，旧址位于今天南京市凤凰山。②江：指长江。③吴宫：指三国孙吴建都金陵的宫殿。④幽径：指僻静的小路。⑤衣冠：原意是衣服和礼帽，此处指东晋郭璞的衣冠冢，也指达官贵人的墓。⑥古丘：古代坟墓。⑦浮云蔽日：喻指奸臣当道阻碍贤良之士。

翻译

听闻凤凰台上曾经出现过凤凰，但如今却早已物是人非，唯有滚滚长江依然向东流去。

孙吴时期的宫殿鲜花盛开，如今只剩下花下掩埋着的古时僻静的小路，多少晋代达官贵人的墓冢早已成为荒山野岭间的小丘，无人问津。

隐隐约约的云雾中，三山犹如矗立在青天之外，秦淮河流经此处被白鹭洲一分为二。

历来总是有奸臣当道的情况出现，但朝堂之上的君王总会视而不见，这令人深感悲愤。

读诗词，学历史

《登金陵凤凰台》是诗仙李白的作品，也是众多怀古抒情古诗中较为著名的一首。

写这首诗的时候，李白刚刚离开长安，小朋友们都知道，李白素来是个不受约束的人，官场的尔虞我诈让他厌烦，加上同僚之间的排挤，最终让李白选择离开官场这片是非之地。

一路南下到金陵后，李白登上了凤凰台，看着眼前物是人非的景象，想到那美好的传说，李白忍不住提笔，将自己的情感全盘托出，写出了这首传世之作。

说到这里，小朋友们，你们听过凤凰台的传说吗？

　　传说秦穆公的女儿弄玉公主，生下来就是个不平凡的人。周岁抓周时，弄玉公主从众多的玩具中，看中了一块晶莹剔透的美玉，从此便爱不释手。也是因为这个原因，秦穆公给这个女儿取了个小名——弄玉。

　　弄玉公主从小出落得与众不同，她不仅外形靓丽，而且非常聪明、善良，尤其喜欢音乐。出于对女儿的宠爱，秦穆公特意为弄玉公主修筑了凤凰台，让她可以在这里乘风吹奏乐器。

　　一天夜里，看着浩瀚的夜空、皎洁的明月，弄玉公主忍不住来到凤凰台，感情真挚地吹奏起《凤凰鸣》的曲子。正当弄玉公主吹奏得入迷时，不远处的夜空突然飘来一阵洞箫声。这乐声和弄玉公主吹奏的乐声完美地结合在一起，相得益彰，使得原本就宛如天上仙乐的乐曲更加动听了。

　　正当弄玉公主疑惑这阵洞箫声是从何处传来时，突然，在夜空的东南方位，一名俊美的少年从空中缓缓落下。

　　这名少年姓萧名史，是天上的神仙，因为听到弄玉公主吹奏的美妙乐曲，所以特意现身，和弄玉公主在凤凰台上切磋起来，一连合奏了三首曲子。

就这样，弄玉公主和神仙萧史喜欢上了彼此，而秦穆公也非常满意眼前这个俊朗的少年，于是就将女儿嫁给了他。后来，在萧史的帮助下，弄玉公主最终修炼成仙，幻化成一只彩凤，和萧史幻化的赤龙一同飞上天去。

值得一提的是，"乘龙快婿"这个词语就是从弄玉公主和萧史的故事中得来的，小朋友们，你们知道它的意思吗？

科学图解·凤凰

作为我国古代传说中的瑞鸟，凤凰有着"百鸟之王"的称号，其中，"凤"指的是雄性的瑞鸟，也称凤鸟，"凰"指的是雌性的瑞鸟，也称凰鸟。看到这里，小朋友们肯定会恍然大悟：原来凤凰指的是雌雄两种性别的动物呀！

不过呢，随着另一种存在于传说中的神兽——龙的出现，凤凰逐渐被"雌性"化，成为女性化的动物形象。

早在新石器时代，凤凰的形象就有所萌芽了。那一时期的出土文物中，有许多陶器上都画着类似鸟纹的图案，这就是凤凰最初的样子。不难看出，凤凰其实是原始社会民众出于对神灵的敬重和膜拜，而创造出的一种存在于虚幻之中的神兽形象。

不可否认的是，自古以来，凤凰就被人们视为是吉祥的象征，人们赋予了凤凰不少神话色彩，而它也被视为中华民族的祥瑞。

蜀 相

唐·杜甫

丞相祠堂①何处寻？锦官城②外柏森森③。

映阶碧草自春色，隔叶黄鹂空④好音。

三顾频烦⑤天下计，两朝开济⑥老臣心。

出师⑦未捷身先死，长使英雄泪满襟。

注释

①丞相祠堂：指诸葛武侯祠，位于今成都市武侯区。②锦官城：成都的别名。③柏（bǎi）森森：形容柏树繁密的样子。④空：白白的。⑤频烦：频繁，多次。⑥济：扶助。⑦出师：出兵。

翻译

要去哪里才能找到诸葛丞相的祠堂呢？就在成都城外那片繁密的柏树林里。

碧绿的草色映照在石阶上，呈现出一片盎然春意，树上的黄鹂隔空对唱，歌声婉转悦耳。

当年刘备曾三顾茅庐，向诸葛亮寻求一统天下的计谋，而诸葛亮出山后也忠心耿耿地辅佐了两代君主。

只可惜，出兵伐魏未果，诸葛丞相就去世了，这让无数的后世英豪倍感难过。

读诗词，学历史

《蜀相》是唐代诗人杜甫的代表作，全诗以三国名相诸葛亮为对象，高度赞扬了诸葛亮的历史功绩，同时也将诗人对诸葛亮的敬佩和惋惜之情淋漓尽致地表达了出来。

说到诸葛亮，小朋友们肯定都不陌生，他可是历史上有名的军师，曾一心帮助刘备建立蜀国，之后又忠心耿耿地辅佐幼主刘禅，鞠躬尽瘁，死而后已。

当然，刘备能获得诸葛亮的帮助，并不是那么容易的，而是经历了三次拜访才得以成功。

"三顾茅庐"的故事小朋友们有没有听过呀？没有的话，赶快和我一起了解了解吧！

官渡之战后，曹操大获全胜，刘备只能落荒而逃。沉浸在胜利喜悦中的曹操想要继续瓦解刘备的实力，这一次，他的目标是刘备的谋士徐庶。

　　于是，曹操派人去给徐庶送信，谎称他的母亲病重，时日不多了，想让徐庶尽快回去。听到这个消息后，徐庶准备赶回许都看望母亲。临走前，他告诉刘备：如果想要获得天下，就必须去邓县隆中寻找一位隐世的谋士，他的名字叫诸葛亮。

　　得到这个提示后，刘备赶忙和自己的两位结义兄弟——张飞、关羽，一起提着大包小包的礼物去拜访诸葛亮。

　　只不过，刘备的第一次拜访就吃了个闭门羹，诸葛亮的书童告诉他们：先生出游去了。

　　过了若干天，刘备和两位兄弟再次来到诸葛亮的住所，想要见他一面。这一次，刘备虽然没吃闭门羹，但依然没能看到诸葛亮本人，理由是：先生去赴约了。

　　又过了一段时间，刘备等人再次来到诸葛亮的住处，这一次，刘备不仅成功见到了诸葛亮本人，而且还获得了他的指点。

　　就这样，三顾茅庐后，刘备成功让诸葛亮出山，而诸葛亮也凭借自身卓越的军事才能和谋略智慧，竭尽全力地帮助刘备平定天下，图谋大业，一生鞠躬尽瘁，死而后已。

　　看到这里，小朋友们是不是被诸葛亮的尽职尽责感动了呢？

科学图解·武侯祠

　　武侯祠于公元 221 年始建，是后人为纪念诸葛亮而修筑的祠堂，坐落在成都市武侯区武侯祠大街，占地面积达 15 万平方米。

　　作为我国第一批重点文物保护单位，同时也是国家 4A 级景区，武侯祠一直以来都是人们到成都旅游的热门观赏景区之一。

　　一开始，武侯祠主要用来供奉诸葛亮，后来到了明清时期，武侯祠在经历了前前后许多次的修缮改建后，成为一个包括汉昭烈庙、文臣武将廊、刘备殿、诸葛亮殿、三义庙以及惠陵等主要建筑在内的大型建筑群。

　　如果有机会的话，小朋友们一定要去武侯祠里转一转，特别要去诸葛亮殿看一看，亲身感受下一代名相的气魄，了解他鞠躬尽瘁的一生。那时，你们就会更加理解杜甫在《蜀相》这首诗里流露的真情实感了。

赤 壁

唐·杜牧

折戟①沉沙铁未销②，自将③磨洗④认前朝。

东风⑤不与周郎⑥便，铜雀春深锁二乔⑦。

注释

①折戟：折断的戟。②销：销蚀。③将：拿起。④磨洗：磨光洗净。⑤东风：指火烧赤壁一事。⑥周郎：指周瑜。⑦二乔：指大乔和小乔。

翻译

一支被折断的铁戟虽然沉在沙中，却没有被销蚀，拿起这支断戟并把它磨光洗净后，才发现这是当年赤壁之战的遗物。

倘若当时周瑜没有借着东风之便，那么当时获胜的就应该是曹操了，而大乔、小乔也就会被关进铜雀台了。

读诗词，学历史

《赤壁》是唐代诗人杜牧的代表作，也是众多以赤壁之战为主题的怀古诗中，最为经典和出色的一首。

提到赤壁，小朋友们最先想到的是什么呢？没错，就是赤壁之战。

三国时期，曹操、孙权、刘备三权分立，共分天下。公元 208 年，曹操决定南下攻打刘备，他率领 20 万大军，却对外谎称率领了 80 万大军，想要从气势上压倒对方。

得知曹操要南下开战后，刘备赶忙率领仅有的两万多士兵退守武昌，就在这时，诸葛亮向刘备提议：可以联合孙权一起对抗曹操。这个提议得到了刘备的准许，之后，诸葛亮便前去东吴说服孙权，让他和刘备结成联盟，共同抗曹。

一开始，孙权并不愿意冒这个险。可当他听完诸葛亮的分析后，便决心助刘备一臂之力，派出手下大将周瑜率领 3 万大军出战。

就这样，赤壁之战拉开了帷幕。

由于曹军将士不善水性，曹操便让将士们用铁索将战船依次连接起来，以此来方便士兵作战。看到曹军气势汹汹地发动攻击，诸葛亮和周瑜经过再三考量，决定用火来攻击曹军。

有一天晚上，赤壁一带突然刮起了东南风，这阵风直直地吹向曹军的战船。诸葛亮和周瑜一看，认为决定这场战役胜负的关键一战到来了。周瑜赶

忙派手下大将黄盖带着十艘战船向曹军驶去，假意投降。

得知对手要投降了，曹军放松了警惕。但没想到的是，黄盖带领的这十艘战船上堆满了柴草，船只刚一接近曹军，黄盖便下令让将士们点火。

一瞬间，十艘战船变成了熊熊燃烧的火船，借着东南风的劲儿，这些火船快速地驶向曹军战船。糟糕的是，由于曹操之前下令让将士们把船连在一起，因此面对敌军的火船攻击，他们根本来不及将船一一分开。没过多久，曹军就被熊熊大火包围了。

最终，在这场赤壁之战中的惨败，让曹操不得不尽快退兵北上。曹军有20万大军，而刘备和孙权的联军仅有5万多将士，随着后者的获胜，赤壁之战也成了历史上有名的以少胜多的战役之一。

科学图解·以少胜多战役

小朋友们，除了赤壁之战，你们还知道历史上有哪些以少胜多的著名战役吗？

别着急，快来和我一起看看下面这个表格吧！

战役名称	指挥人员	兵力对比	战斗结果
牧野之战	周武王、姜子牙	周武王 10 万 VS 商纣王 17 万	商朝灭亡
昆阳之战	刘秀	刘秀 1.7 万 VS 王莽 43 万	王莽全军覆没
淝水之战	谢玄	东晋 8 万 VS 前秦 97 万	前秦大败
彭城之战	项羽	项羽 3 万 VS 刘邦 56 万	歼敌 20 万
阴晋之战	吴起	魏国 5 万 VS 秦国 50 万	秦军大败
鄱阳湖之战	朱元璋	朱元璋 20 万 VS 陈友谅 65 万	全歼敌军
巨鹿之战	项羽	楚军 5 万 VS 秦军 40 万	秦军全灭
白沟河之战	朱棣	朱棣 10 万 VS 李景隆 60 万	李景隆一方死伤惨重

小朋友们，上面列举的是历史上较为著名的以少胜多的战役，除了它们，你们还知道哪些以少胜多的战役呢？快去找一找吧！

马嵬①·其二

唐·李商隐

海外徒闻更②九州，他生未卜此生休。

空闻虎旅③传宵柝④，无复鸡人⑤报晓筹⑥。

此日六军同驻马，当时七夕笑牵牛⑦。

如何四纪⑧为天子，不及卢家有莫愁。

注释

①马嵬（wéi）：指马嵬坡，也就是杨贵妃自缢的地方，位于今陕西兴平西。②更：再，还有。③虎旅：指追随唐玄宗一起入蜀的禁军。④宵柝（tuò）：指晚上负责报更的刁斗。⑤鸡人：宫中负责报时的卫士。⑥筹：计时工具。⑦牵牛：牛郎织女的故事。⑧四纪：古代一纪为十二年，四纪约为四十八年。

翻译

偶然听说海外还有九个大州，还没来得及预料来生，今生就已经快要到头了。

到了晚上，只听到禁军在敲梆报时，但宫中不再有卫士报时了。

就在这天，六军约定驻马于此，不再前进，遥想当年的七夕，我们还曾耻笑牛郎织女的故事。

为何只过了四纪，高高在上的天子却比不上卢家夫婿能常伴在莫愁身边。

读诗词，学历史

《马嵬》是唐代诗人李商隐创作的一首组诗，全诗以唐玄宗和杨贵妃的爱情故事为主题，通过咏史叙怀，表达了诗人对这段历史的独特见解，同时也流露出诗人对唐朝由盛转衰的哀叹和惋惜。

不得不说，李商隐真是一位情感细腻的诗人，小朋友们，你们有没有从他的诗里感受到这股柔情呢？

小朋友们，你们肯定都知道，唐朝是我国历史上著名的盛世王朝之一，然而随着安史之乱的爆发，这个曾经熠熠生辉的盛世王朝却走上了衰亡的道路。李商隐在这首诗中提到的马嵬坡，就是安史之乱爆发后，唐玄宗的爱妃杨贵妃自缢的地方。

下面，就请小朋友们和我一起去了解这段历史吧！

公元755年，安禄山起兵造反，闻名历史的安史之乱爆发了。由于叛军步步紧逼长安，唐玄宗不得不出宫外逃。随行的除了皇子皇孙、大臣将士外，还有唐玄宗最宠爱的杨贵妃。

当唐玄宗一行逃亡到马嵬坡时，由于一路奔波疲劳不堪，加上食不果腹，将士们的情绪变得焦躁起来，他们一致认为导致今天这种局面的罪魁祸首，就是奸相杨国忠。

就在将士们觉得愤怒又焦躁时，他们看到杨国忠的马被二十几个吐蕃使者拦住了，不由得怒火中烧，他们觉得杨国忠这是要造反，于是便不管三七二十一，拿起箭就射，杀死了杨国忠。

事已至此，将士们顾不得君臣之分，为了平息心中的怒火，就将唐玄宗

休息的驿官里里外外包围起来，嚷嚷着要让唐玄宗处置杨国忠的妹妹，也就是宠妃杨贵妃，认为她就是红颜祸水，是她和杨国忠一起导致了眼下流亡在外的局面。

看到将士们群情激奋，唐玄宗不知道该怎么做才能平息他们的怒火，又怕处理不当的话，会造成这些将士的反叛。无奈之下，唐玄宗找来高力士商议。

高力士知道眼下唯有处死杨贵妃，才能平息将士们的怒火，否则后

果不堪设想。可唐玄宗非常宠爱杨贵妃，要他下令处死贵妃，他实在是不忍心。

眼看着将士们越来越愤怒，高力士知道如果唐玄宗再不做决定的话，就会导致军心离散，说不定不等安禄山的追兵赶来，大家就要死在自家将士的刀下。于是，高力士审时度势，向唐玄宗分析眼下的危急形势。

听完高力士的分析和劝说，同时也是为了保住自己的性命，唐玄宗只好狠心下令，命人将杨贵妃带到别处，赐她白绫一条。

最终，杨贵妃在马嵬坡自缢而亡，将士们看到唐玄宗处置了贵妃，心中的怒火逐渐平息了下来。至于唐玄宗，经过这场兵变，他早就被吓坏了，犹如惊弓之鸟一般急匆匆地朝成都逃去。

科学图解·古代计时

小朋友们，你们知道《马嵬·其二》这首诗最后一句中的"四纪"是什么意思吗？

没错，四纪其实是古代的一种计时单位，一纪是十二年，四纪大概是四十八年。

说到这里，小朋友们，让我们一起来了解一下古代人是如何计时的吧！

不同于现代一天24小时的计时方法，在我国古代，人们的计时方法是

多样的,最著名的计时方法有十六时辰制、十时辰制、百刻制、十二时辰制等。

对于一天之内的不同时刻,古人也想出了不少计时方法,最为人熟知的有十二时辰制和二十四时辰制。

早在西周时,古人就开始使用十二时辰制,后来到了汉代,人们开始用十二地支来表示一天之内的十二个时段,具体如下:

子时:十二时辰中的第一个时辰,对应现在的 23 时至 01 时。

丑时:对应现在的 01 时至 03 时。

寅时:对应现在的 03 时至 05 时。

卯时:对应现在的 05 时至 07 时。

辰时:对应现在的 07 时至 09 时。

巳时:对应现在的 09 时至 11 时。

午时:对应现在的 11 时至 13 时。

未时:对应现在的 13 时至 15 时。

申时:对应现在的 15 时至 17 时。

酉时:对应现在的 17 时至 19 时。

戌时:对应现在的 19 时至 21 时。

亥时:十二时辰中的最后一个时辰,对应现在的 21 时至 23 时。

后来，到了宋代，人们又将十二时辰中的每个时辰分为"初""正"两部分，这样一来，原本的十二时辰就变成了二十四时辰，具体如下：

子初：对应半夜 11 时。

子正：对应半夜 12 时。

丑初：对应凌晨 1 时。

丑正：对应凌晨 2 时。

寅初：对应凌晨 3 时。

寅正：对应凌晨 4 时。

卯初：对应早上 5 时。

卯正：对应早上 6 时。

辰初：对应上午 7 时。

辰正：对应上午 8 时。

巳初：对应上午 9 时。

巳正：对应上午 10 时。

午初：对应上午 11 时。

午正：对应正午 12 时。

未初：对应下午 1 时。

未正：对应下午 2 时。

申初：对应下午 3 时。

申正：对应下午 4 时。

酉初：对应傍晚 5 时。

酉正：对应傍晚 6 时。

戌初：对应晚上 7 时。

戌正：对应晚上 8 时。

亥初：对应晚上 9 时。

亥正：对应晚上 10 时。

念奴娇·赤壁怀古

宋·苏轼

大江①东去，浪淘②尽，千古风流人物③。故垒④西边，人道是：三国周郎赤壁。乱石穿空，惊涛拍岸，卷起千堆雪。江山如画，一时多少豪杰。

遥想⑤公瑾当年，小乔初嫁了，雄姿英发。羽扇纶巾⑥，谈笑间，樯橹灰飞烟灭。故国神游，多情应笑我，早生华发⑦。人生如梦，一尊⑧还酹江月。

注释

①大江：指长江。②淘：冲洗，冲刷。③风流人物：指杰出的历史人物。④故垒：古代遗留的营垒。⑤遥想：回忆。⑥羽扇纶（guān）巾：古代儒将的便装打扮。⑦华发（fà）：花白的头发。⑧尊：通"樽"，酒杯。

翻译

滚滚长江向东流去，淘尽了那些历史上出现过的杰出人物。古代遗留下来的营垒西边，据说就是当年周瑜打败曹操的赤壁之地。四周高耸入云的山

峰，惊涛骇浪正猛烈地击打着对岸，一时间激起了千层浪，如同千堆白雪一般。如此美丽的江山图景，其间出现了多少英雄豪杰。

回想起当年的周瑜，刚娶了小乔做妻子，那时的他英姿矫健，风度翩翩，手里拿着一把羽扇，头上裹着纶巾，就在他不经意间的笑谈中，八十万曹军灰飞烟灭。如今当我亲身来到三国古战场，我竟会生出如此之多的柔情，就像是那提前变白的鬓发一般。人的一生就如同一场梦，就洒下一杯酒来祭奠那江岸之上的明月吧。

读诗词，学历史

小朋友们，你们没有看错，这又是一首以赤壁之战为主题的诗词，作者是宋代诗人苏轼。由于这首词成功地将咏史、写景、抒情结合在一起，所以被后世称作"古今绝唱"，也被视为宋代豪放词派的代表作之一哦！

赤壁之战中曾发生过不少经典战役，其中最为人乐道的，便是"草船借箭"的故事，小朋友们，快来和我一起了解吧！

得知曹操率领几十万大军南下进攻后，刘备在诸葛亮的建议下，和孙权

结成联盟，并获得了孙权麾下大将周瑜的助阵。

然而，周瑜这个人心眼儿比较小，特别是当他得知自己要和刘备的军师诸葛亮一起指挥军队抗击曹军后，就表现得更加小气了，事事都要和诸葛亮竞争，每时每刻都在做比较，生怕自己不如诸葛亮。

由于赤壁之战是在水上进行，为了更好地应战，周瑜提出要在十天之内造出十万支箭，并且将这个重任交给诸葛亮，想要考验考验他。没想到的是，面对周瑜的故意挑衅，诸葛亮不仅没有惊慌，反倒立下军令状，表示自己只需要三天就能完成任务，如果不成，他甘愿受罚。

听了诸葛亮的话，周瑜暗自窃喜，他觉得诸葛亮肯定完成不了任务，到时候还能借这个机会除掉他。

然而，最后的结果却是，诸葛亮真的做到了，只用了三天时间，诸葛亮就为军队找来了十万支箭。要说这箭是怎么来的，还挺有趣的。

诸葛亮从周瑜的手下鲁肃手中借来二十只船，每只船上配置三十个士兵，船的两头摆满了草靶子，上面用布严严实实地覆盖起来，别人根本看不出来船上堆满了草靶。

过了两天，诸葛亮下令将这二十只船用绳索连起来，然后在四更天的时候，下令将士们开船，朝着曹军的船只驶去。

此时，水面上大雾弥漫，能见度不足五十米，根本看不到对面的情况。眼看着船只快要逼近曹军了，诸葛亮下令让船只呈一字型排开，接着就让将士们击鼓鸣号，制造出千军万马前来攻击的声势。

由于雾气太大，加上擂鼓声不断，曹操误以为是刘备前来攻击，便下令让六千名弓箭手朝江中放箭，想要以此来威慑对手。

就这样，漫天的飞箭犹如密集的雨点一般，飞快地从空中飞来，然后落在船上的草靶上。最终，天快要亮、雾快要散尽时，诸葛亮下令开船掉头回营。此时，二十只船上的草靶上扎满了密密麻麻的箭，粗略估算的话，每只船上大概有五六千支箭，二十只船总共得有十万多支箭。

看到诸葛亮满载而归，周瑜知道自己的如意算盘打错了，而他也深刻认识到诸葛亮的神机妙算，实在是他不能企及的。

科学图解·诗中的酒文化

不知小朋友们有没有发现，古代人特别是古代诗人都非常喜欢喝酒，比如诗仙李白，就喜欢一边饮酒一边写诗。

当然啦，我国古代的文人墨客不仅爱喝酒，而且还会把酒写进诗里。比如这首《念奴娇·赤壁怀古》，苏轼就在最后一句写到"一尊还酹江月"，看得出苏轼也是个爱喝酒的文人呀！

其实，我国的酒文化历史是非常悠久的，这一点深刻地表现在唐诗宋词之中。

就拿唐诗来说，不少唐诗的诗文中，就包含了各式各样的酒和酒器。根据酒在酿造过程中使用的不同材料，酒的名字也是五花八门的，常见的有葡萄酒、黄花酒、菊花酒、桂花酒等；而用来盛酒的器皿也是非常繁多的，常见的有缸、瓮、尊、罍、瓶、缶、壶等；用来喝酒的器皿也很丰富，常见的有杯、盅、壶、卮、盏、钟、觯和碗等。

值得一提的是，酒还在古诗里有着各不相同的别称，比如白酒称作"醙"，红酒称作"醍"，清酒称作"醥"，浊酒称作"醪"，再比如没有经过过滤的酒称作浮蚁、壶浆等。

如此丰富的酒文化，让古诗中的酒变得更具韵味。文人墨客常常会借助酒来表达不同的情感，比如"兴因尊酒洽，愁为故人轻"一句表达的是团聚之时的喜悦之情，又比如"劝君更尽一杯酒，西出阳关无故人"一句表达的则是好友离别时的不舍之情，再比如"葡萄美酒夜光杯，欲饮琵琶马上催"一句表达的则是将士们为国捐躯的豪迈之情，又比如"停杯投箸不能食，拔剑四顾心茫然"一句表达的是诗人内心的悲苦愁绪。

总之，在文人墨客的笔下，酒不再是一种单一的饮品，而是摇身一变成为人类情感的宣泄口和停靠港湾，通过酒，人们心中的百般情绪获得了暂时的安抚。

叠题乌江亭

宋·王安石

百战疲劳壮士①哀，中原一败②势难回。
江东③子弟今虽在，肯④与君王卷土来⑤？

注释

①壮士：将士。②中原一败：指项羽的垓下之败。③江东：指长江下游芜湖、南京以下的江南地区，也就是项羽起兵之地。④肯：岂肯，怎愿。⑤卷土来：卷土重来。

翻译

频繁征战后，将士们早已疲惫不堪，士气低落，此时中原一战的败局再难改变了。

虽然江东子弟依然在，但他们是否真的愿意再跟随项羽重新来过呢？

读诗词，学历史

《叠题乌江亭》是北宋文学家王安石的代表作，作者以楚汉战争为背景，对一代霸王项羽进行评价，认为项羽当时没有卷土重来的可能性，因为那时的他早已民心尽失，不会再有东山再起的可能了。当然，王安石也在诗中表达了他对这位霸王的无尽的惋惜之情，只能说天妒英才啊！

小朋友们，你们听过西楚霸王项羽的故事吗？别着急，下面就请大家和我一起去了解看看吧！

公元前202年，楚汉战争进入白热化阶段，项羽从一开始的占据主导优势，到后来的节节败退，渐渐失去了在这场战争中的优势地位。

这种情况下，项羽又中了韩信布下的十面埋伏，被困垓下。由于项羽的粮草快要用完，于是他决定率军冲出重围，然而此时的他早已被团团围困，根本无法杀出去，几次尝试都以失败告终。

无奈之下，项羽只好静观其变，准备伺机而动。

终于，在一天夜里，悲愤至极的项羽一跃跨上自己的乌骓马，率领八百多将士往外突围。这一次，项羽成功了，他和随行的将士们一路骑马狂奔，身后紧追不舍的是气势汹汹的汉军将士。

就这样，项羽骑着马跑啊跑，他身后的将士因为汉军的追杀连连丧命。等渡过淮河后，追随项羽的将士仅剩一百多人了。

这时，项羽来到了一个三岔路口，他不知道如何选择，项羽只好向路过的一个老百姓问路，然而，当这个老百姓得知问路的人是西楚霸王项羽后，便诓骗他说往左走，殊不知，左边的岔路是条沼泽路，根本没有出口。

意识到被骗后，项羽赶忙掉头往回走，这么一耽搁，汉军马上就要追上他了。情急之下，项羽率兵往东南方向跑，边跑边和追来的汉军展开决斗。

最终，项羽成功杀出重围，率领仅剩的二十六人来到乌江边。此时，如果项羽乘船渡江的话，依然可以在江对岸的江东之地称王称霸。然而，面对这个逃生的机会，项羽选择了放弃。

在他看来，如今惨败而归的自己根本没有脸面面对江东父老，于是，在一阵思考之后，项羽选择和追来的汉军进行最后一战。最终，看到一心追随自己的将士们一一倒下，项羽羞愧难当，在乌江边拔剑自刎。

就这样，曾经叱咤风云的西楚霸王，永远地倒在了乌江河畔。

科学图解·古代战争

　　小朋友们，你们看过以古代战争为内容的影视作品吗？那你们知道古代人是怎么打仗的吗？难道他们真的是像影视作品中演的那样去打仗吗？

　　其实影视作品中的古代战争场面，都是现代人根据历史杜撰演绎出来的，古代人真正的打仗场景没有人能知晓。

　　虽然如此，但根据众多史料来看，我国古代真正意义上的战争，是从东周春秋时代开始出现的。为什么这么说呢？因为从这一时期开始，随着各个诸侯实力的不断扩大，较为规范的军队开始出现，人们率军打仗也开始讲究战术策略了。

春秋时代，在打仗之前，起兵征讨的一方会向被征讨的一方下达战书，战书内容大致是告诉对方哪里做错了，接下来我要出兵打你。接着，打仗的双方就会约定开战的时间、地点，等时间一到，双方就会开战了。

不得不说，古人打仗还是挺讲礼仪的！

满江红·怒发冲冠

宋·岳飞

怒发冲冠①，凭阑②处、潇潇③雨歇。抬望眼，仰天长啸④，壮怀⑤激烈。三十⑥功名尘与土，八千⑦里路云和月。莫等闲⑧、白了少年头，空悲切。

靖康耻，犹未雪。臣子恨，何时灭。驾长车踏破，贺兰山缺。壮志饥餐胡虏⑨肉，笑谈渴饮匈奴血。待从头、收拾旧山河，朝天阙⑩。

注释

①怒发冲冠：形容愤怒至极。②凭阑：倚靠栏杆。阑，同"栏"。③潇潇：形容雨势很大、很急。④长啸：大声呼叫。⑤壮怀：奋发向上的志向。⑥三十：约数。⑦八千：约数。⑧等闲：轻易，随便。⑨胡虏：蔑称，指的是女真贵族入侵者。⑩天阙：原指宫殿前的楼观，诗中代指皇帝住的地方。

翻译

心中愤愤难平，我倚靠在栏杆上，一场大雨刚刚停歇。放眼望向四周，一片辽阔，忍不住仰天大声呼叫几声，心中的志向难以压制。三十年的功勋如今早已化为尘土，数千里的征战也只剩下浮云明月。不要轻易浪费了青春年华，等到头发花白时唯有独自悲切了。

靖康之耻尚未洗雪，臣子心中的愤怒何时才能浇灭。如今我只想驾着战车，一路踏向贺兰山，将敌人的军营踏为平地。吃敌人的肉，喝敌人的血，等我重新收复旧日河山后，再回京阙向皇帝报捷。

读诗词，学历史

《满江红·怒发冲冠》是南宋抗金名将岳飞的代表作。

提到岳飞，小朋友们肯定都不陌生，他可是历史上有名的军事家和战略家。如果要用一个词来形容岳飞，"精忠报国"四个字再合适不过了，而岳飞也用自己的一生努力践行着这个理想，誓死效忠自己的国家，保家卫国，算得上是一位大英雄。

其实，在岳飞很小的时候，他骨子里的英雄气概就有所表露了。由于岳飞的家境一般，甚至可以用贫寒来形容，因此到了上学堂的年纪，岳飞却因为家里没钱而去不了学堂。

　　虽然不能去学堂学知识，但岳飞在母亲的悉心教导下开始学习知识。不得不说，岳飞的母亲无论是在学识方面还是在为人处世方面，都给予了岳飞最优质的教育，她用树枝教岳飞在地上写字认字，督促岳飞多锻炼，增强体质。

　　就这样，在母亲的悉心教导下，岳飞不仅学识渊博，而且还练就了一身武艺，成为一个不可多得的优秀人才。

　　成年后，岳飞成为南宋将领。由于当时金国常常派兵来犯，为了让儿子更好地保家卫国，岳飞的母亲在他的脊背上刺了四个大字——精忠报国。每次带兵打仗时，岳飞总会想起母亲的教诲，更会感受到自己背上"精忠报国"四个大字包含的责任，这样一来，他会拼尽全力地去战斗，没过多久，岳飞英勇善战的名号就传开了。

　　除了骁勇善战，岳飞还拥有十分突出的带兵能力，他亲自组建了一支抗金军队，名为"岳家军"。军队里的每一个将士都和岳飞一样骁勇善战，他们为了保卫南宋子民的安危，和金兵不断抗争，即使流血牺牲也在所不惜。

　　很快，岳家军的英勇无畏就让金兵闻之生畏，甚至到了闻风丧胆的程度。

然而，就是这样一位优秀的爱国将领，最后却被奸臣秦桧所害。虽然岳飞没有和自己守卫的国家并肩作战到最后，但他的英勇事迹和忠君爱国的精神，影响了一代又一代的人。特别是他刻在背上的"精忠报国"四个字，成了每个炎黄子孙的至高信念。

科学图解·贺兰山

在这首《满江红·怒发冲冠》中，岳飞写到"贺兰山缺"，小朋友们，你们知道贺兰山在哪里吗？

从地理位置上来看，贺兰山位于我国宁夏回族自治区和内蒙古自治区的交界处，山脉呈南北走向，全长220多千米。

自古以来，贺兰山就是兵家必争之地，这里不仅拥有美丽的自然景观，而且还有非常丰富的煤矿资源，很多景观甚至都有相应的传说故事。

当然，要说贺兰山最值得观赏的景观，那就非贺兰山岩画莫属了。

在古代，贺兰山一带生活的民族，主要是以匈奴、鲜卑、突厥、党项等少数民族为主，他们在这里繁衍生息、游牧狩猎，并在贺兰山山脉岩石上留下了一系列岩石刻画，这就是后世所谓的"贺兰山岩画"。

从岩画内容上来看，贺兰山山脉不同地点的岩画，其表现内容也各不相同，有以形形色色的人物形象为内容的岩画，有以森林草原动物为主的岩画，有以骑马征战为内容的岩画。

不得不说，古人的智慧是无穷的，能够在岩石上雕刻、绘画，在当时确实是非常厉害的。小朋友们，如果有机会的话，一定要去贺兰山看看那里的岩画。

过零丁洋①

宋·文天祥

辛苦遭逢②起一经，干戈③寥落④四周星。

山河破碎风飘絮，身世浮沉雨打萍⑤。

惶恐滩头说惶恐，零丁洋里叹零丁⑥。

人生自古谁无死？留取丹心⑦照汗青⑧。

注释

①零丁洋：指"伶仃洋"，位于广东省珠江口外。②遭逢：遭遇。③干戈：指抗元战争。④寥落：荒凉冷落。⑤萍：浮萍。⑥零丁：形容孤苦无依的样子。⑦丹心：喻指忠心。⑧汗青：史册。

翻译

回想当年考取科举入仕，经历了千辛万苦，如今已在抗元战争中经历了四个艰苦年头。

危在旦夕的国家，就如同在狂风中纷飞的柳絮，而我坎坷的一生，便如同雨中的浮萍一般，四处漂泊，无所依靠。

想起惶恐滩的惨败，至今仍让我倍感惶恐，身陷零丁洋的我是如此的孤苦无依。

自古以来，人终有一死，我愿为国尽忠，让这颗爱国之心永留史册。

读诗词，学历史

文天祥是我国南宋时期著名的政治家、文学家，也是著名的抗元名将，《过零丁洋》是他的代表作。

写这首诗的时候，文天祥刚好途经零丁洋，睹物感怀，回想自己过往的人生，以及风雨飘零的国家命运，文天祥忍不住提笔创作，写下了这首传颂千古的七言古诗。

　　就像这首诗最后一句写的，"人生自古谁无死？留取丹心照汗青"，这句话可以看作是文天祥一生报效国家、抗击元朝的真实写照。

　　公元1275年，元军强渡长江成功，南下攻打南宋，眼看着已经兵临城下了，南宋皇帝只好让文天祥临时担任右丞相的职位，前去元军的军营里交涉谈判。

　　面对来势汹汹的元朝大军，文天祥并没有表现出丝毫的畏惧，反而义正词严地质问元军统帅伯颜：究竟是想两国交好，还是两国大动干戈呢？

　　伯颜听后，表示并不想灭宋，文天祥知道后，便要求元军向后撤退百里以表诚意，否则南宋子民绝不会让元军再前进一步。

　　看到文天祥丝毫不畏惧元军的实力，甚至还向元朝下起了战书，伯颜一怒之下，就将文天祥抓起来，并以此要挟南宋投降，否则就会强行攻城。

　　在元军的重压之下，南宋最终选择了投降。当文天祥知道后，忍不住仰天痛哭，心中的怒火难以宣泄。

　　四年之后，文天祥在一次抗击元朝的战争中被俘。元世祖早就听闻文天祥是个忠肝义胆的将领，便几次三番地派大臣去劝说文天祥，让他弃宋投元，为元效力。

　　然而，面对各种各样的诱惑，文天祥丝毫不为所动。无奈之下，元世祖亲自前来劝文天祥投靠自己。可无论他给出怎样的高官厚禄，文天祥依然不肯臣服，甚至还对元世祖说了这么一句：我没有任何的索求，唯求一死，无愧于我的国家！

　　最终，元世祖一气之下下令处死了文天祥。文天祥虽然死了，但他忠君爱国的精神却世代流传，而他也成了后世敬仰的英雄。

科学图解·丹和青

　　小朋友们，在这首诗中，诗人用到了两个表示颜色的词语，你们知道是哪两个吗？没错，就是"丹"和"青"。其中，"丹"表示红色，"青"表示蓝色。

　　说到这里，不得不给大家科普一下古代用来表示红色的词语了。

　　在古代，人们按照红色的深浅度，由深到浅分别用"绛、朱、赤、丹、红"几个词来形容。其中，"绛"表示深红色，"朱"表示大红色，"赤"表示红色，"丹"表示浅一点的红色，而"红"则表示最浅的红色，相当于今天的粉红色。

　　除了红色能用不同的词来表示外，在古代，蓝绿色系也可以按照深浅程度，用"青、苍、碧"几个词来形容。

　　其中，"青"表示的绿色色度最深，相当于今天的蓝色，"苍"的色度浅一点，相当于今天的深绿色，"碧"用来表示"浅绿色"。

　　看到这里，小朋友们是不是觉得古人还是挺厉害的，能够分出这么多不同的色彩呢！

永遇乐·京口北固亭怀古

宋·辛弃疾

千古江山，英雄无觅孙仲谋处。舞榭歌台①，风流总被雨打风吹去。斜阳草树，寻常巷陌②，人道寄奴③曾住。想当年，金戈铁马，气吞万里如虎。

元嘉草草④，封狼居胥，赢得仓皇北顾。四十三年，望中犹记，烽火扬州路。可堪⑤回首，佛狸祠下，一片神鸦⑥社鼓⑦。凭谁问：廉颇老矣，尚能饭否？

注释

①舞榭（xiè）歌台：演出歌舞的台榭，诗中代指孙权的宫殿。②寻常巷陌：指狭窄的街道。③寄奴：南朝宋武帝刘裕小名。④草草：轻率。⑤堪：忍受。⑥神鸦：指吃庙里祭品的乌鸦。⑦社鼓：祭祀时的鼓声。

翻译

千古江山依旧在，可当年割据一方的英雄孙仲谋却早已无处寻觅。不论是华丽的宫殿，还是英雄身上的豪迈气概，都免不了被风雨吹打消散的结局。那斜阳映照下的寻常街巷，听人说曾是宋武帝住过的地方，回想当年，他挥

斥方遒，带领着精兵悍将征战，如同猛虎一般。

元嘉帝太过轻率，效仿霍去病远征匈奴，一心想要立下不朽战功，最终却落得个仓皇南逃的结局，一路上时不时回头望向北方。登上山亭望向江北，犹记得四十三年前，我曾在这硝烟弥漫的扬州路奋勇杀敌。往事实在难回首，拓跋焘的祠堂里香火旺盛，祭祀的鼓声中，乌鸦正在品尝祭品。有谁会派人前来询问：年迈的廉颇将军，如今是否依然强健呢？

读诗词，学历史

《永遇乐·京口北固亭怀古》是南宋词人辛弃疾的代表作，整首词引经据典，借着孙权、刘裕两位霸主的丰功伟绩，表达了辛弃疾自己想要为国立功的理想抱负。同时，辛弃疾又引用刘义隆的典故，借以表明自己抗金卫国的主张。不难看出，辛弃疾算得上是一位卓越的爱国词人。

小朋友们，你们不会以为辛弃疾只会写词不会打仗吧？那就错啦，要知道，辛弃疾可是南宋时期著名的抗金将领呢！

南宋时期，我国北方地区被当时的金国统治着。由于金国统治者残忍无道，使得百姓们全都生活在水深火热之中，苦不堪言。

金国的残暴统治最终激起民愤，老百姓们纷纷揭竿而起，想要推翻金国的统治。在众多的起义军中，一支来自山东的起义军较为出众，他们的首领名叫耿京，英勇无畏，常率领起义军攻打金兵。

耿京的名号很快在百姓间传播开来，这吸引了当时正值青年的辛弃疾，看到自己的同乡如此英勇爱国，辛弃疾完全被耿京吸引了。于是，在召集了两千多人后，辛弃疾加入了耿京的起义军，开始和他一起对抗金兵。

由于辛弃疾是个军事才能十分突出的人，因此起义军在他和耿京的共同带领下，很快壮大，屡屡获胜。

看到起义军队伍日益壮大，耿京便派辛弃疾去南宋，想要联合南宋来共同抗金。然而，不幸的是，就在辛弃疾去往南宋后不久，耿京就被起义军中的叛徒张安国杀害了。群龙无首的情况下，这支原本势如破竹的起义军很快分崩离析，而叛徒张安国则逃到了金兵的阵营里。

从南宋回来后，辛弃疾气愤至极，他精心挑选了五十名勇士，准备去金兵军营里活捉张安国，为耿京报仇雪恨。

虽然金兵军营里驻扎着五万多金军，但辛弃疾一点也不怕，依然带领着五十名勇士冲了进去。成功捉到张安国后，面对金兵的追堵，辛弃疾并不胆

怯，反倒不慌不忙地警告道："我的十万援军马上就会杀到这里，不怕死的就尽管上前来！"

正是这句话，将生性多疑的金兵唬住了，等他们反应过来时，辛弃疾早已跑远。

最终，辛弃疾惩处了张安国，替耿京报了仇，他的军事才能也被人们进一步认可。

科学图解·匈奴

和辛弃疾一样，汉武帝时期的大将霍去病，也是一位一心卫国的爱国将领，他曾受汉武帝之命，几征匈奴，最终大破匈奴，封狼居胥，实现了古代将领梦寐以求的丰功伟绩。

说到匈奴，小朋友们肯定并不陌生，在我国漫长的历史长河中，中原与匈奴之间的对抗是一个长久的话题。

所谓匈奴，指的并不是一个单一的民族，而是游牧于中原以北地区的多个民族的统称。从秦始皇开始，中原征讨匈奴的战争就拉开了序幕。先有秦

始皇派出的蒙恬大将军征讨匈奴，后有汉武帝派出的卫青、霍去病两员大将征讨匈奴。

长久的历史对战后，匈奴最终分为四支：第一支向西迁移，最终和欧洲各民族融合；第二支留在河西走廊地区，和这里的羌族、羯族等少数民族融合；第三支迁入中原，和中原民族融合；第四支则和鲜卑族融合，最终融入汉族。

看到这里，小朋友们肯定会发现这样一个事实，说不定现在很多汉族人的身体里，也有匈奴人的基因！

石头城①

唐·刘禹锡

山围故国周遭②在，潮打空城寂寞回。

淮水③东边旧时④月，夜深还过女墙⑤来。

注释

①石头城：今南京市。②周遭：环绕。③淮水：指秦淮河。④旧时：指汉魏六朝时。⑤女墙：指石头城上凹凸的城墙。

翻译

高低起伏的山峦依旧环绕着故国的东、南、西三面，故国的北面也依旧在江潮寂寞地拍打中屹立。

秦淮河东边升起的那轮明月，依旧是汉魏六朝时出现的那轮明月，当夜深人静后，它依然会爬上凹凸的城墙，静静地窥视着这昔日的皇宫。

读诗词，学历史

《石头城》是刘禹锡组诗《金陵五题》中的第一首，所谓石头城，指的其实就是今天的江苏省南京市。在这首诗里，刘禹锡以石头城四周的地理景观为对象，向我们展示了这座古城的壮阔与荒凉。

小朋友们，下面就让我们一起来看看诗人到底描绘了怎样一幅画面吧！快看——连绵起伏的群山峻岭间，一汪江水孤寂地流淌着，皎洁的明月缓慢地爬上了夜幕，仿佛正在静静地俯视着这座古城。

哇，不得不说，刘禹锡在这首诗里描绘的景色实在是太美了，简直美得让人有了一种身临其境的错觉。不过，比起诗歌描绘的景色，这首诗所表达的情感更值得我们去关注。

刘禹锡用一种古今对比的手法，于无形中让我们感受到了南京城曾经的繁华与今天的落寞，处处流露出一种悲伤寂寥的情感。看得出，刘禹锡也是个性情中人呐！

说到南京，它的另一个名号更为人们熟知，那就是古都金陵。在历史的长河中，金陵仿佛一位极具典雅气质的女子一般，轻摇蒲扇，身姿曼妙，在

纷乱不止的年代里，高洁地唱起属于她自己的曲调。

自古以来，金陵就有"江南佳丽地，金陵帝王州"的美誉，它自身所具备的古典和风雅的独特文化气质，成功让这座城市成为我国政治、经济、文化以及军事发展的重要地区之一。

如果有机会的话，小朋友们一定要去金陵城里看看！

科学图解·六朝古都

除了美丽景色外，南京之所以是我国的重要城市之一，还因为历史上曾经有六个朝代建都于此，有着"六朝古都""十朝都会"的美誉呢！

小朋友们，你们知道历史上有哪些朝代是在南京建都的吗？快来和我一起了解看看吧！

公元 229 年，孙权称帝，不久便还都建业（今南京），史称"东吴"，这是历史上第一个在此建都的王朝。东吴持续了 58 年，最后被西晋所灭。

　　公元 317 年，司马睿建立晋国，建都于建康（今南京），史称"东晋"。东晋持续了 103 年，最后被刘裕所灭。

　　公元 420 年，刘裕建立宋，建都于建康，史称"南朝宋"，这个王朝的建立，标志着我国由此进入了南北朝时期，而它也成为南北朝时期持续时间最长的王朝。

　　公元 479 年，萧道成灭宋建齐，建都于建康，史称"南朝齐"。这个王朝只存在了 23 年，是南北朝时期持续时间最短的王朝。

　　公元 502 年，萧衍灭齐建梁，建都于建康，史称"南朝梁"。

　　公元 557 年，陈霸先灭梁建陈，建都于建康，史称"南朝陈"。相较于南北朝时期的其他几个王朝，陈国的综合实力是最弱的。

公元 937 年，李昇建立江南国，建都于江宁府（今南京），史称"南唐"。南唐的最后一个皇帝，就是著名诗人李煜。

公元 1368 年，朱元璋建立明朝，建都于南京。朱元璋去世后，他的儿子朱棣夺取了帝位，并将都城迁往北京。

公元 1851 年，洪秀全建立太平天国，两年后攻占南京，并建都于此，改南京为天京。

公元 1927 年，蒋介石在南京创建国民政府，史称"南京国民政府"。

看到这里，小朋友们肯定会忍不住感叹：哇，没想到南京的历史这么悠久呀！那是当然啦，如果有机会的话，大家一定要去南京看看！

临江仙·滚滚长江东逝水

明·杨慎

滚滚长江东逝水①，浪花淘尽②英雄。是非成败转头空。青山依旧在，几度③夕阳红。

白发渔樵④江渚上，惯看秋月春风⑤。一壶浊酒⑥喜相逢。古今多少事，都付笑谈中。

注释

①东逝水：原指江水东流，此处是用江水来指代时光。②淘尽：消逝，荡涤一空。③几度：诗中为虚指，意为几次、好几次。④渔樵：原指渔翁和樵夫，此处代指隐居之人。⑤秋月春风：良辰美景。⑥浊酒：用糯米、黄米等食材酿制的酒。

翻译

长江奔流不息地向东流去，那飞溅而起的浪花，就好似曾经的英雄豪杰一般，转瞬即逝。所谓的是非成败，其实都是虚妄，一转眼就消失不见了。唯一能留下来的，只有那苍翠的青山，以及那反复升起落下的太阳。

那远离俗世的隐居之人，一点也不会惊讶于良辰美景的变化更替。老友相逢，举起一杯浊酒，一饮而下，古往今来的是是非非倒成了喝酒闲聊的谈资了。

读诗词，学历史

相信小朋友们对这首词并不陌生，甚至还很熟悉呢！没错，这首词就是1994年版电视剧《三国演义》片头曲的歌词，由我国著名歌唱家杨洪基老师倾情演唱。

说到这里，小朋友们肯定会有这样一个疑惑：《临江仙·滚滚长江东逝水》这首词的内容并没有提及历史上的具体朝代，为什么人们读到这首词时，会不由自主地将它和三国的历史联系在一起呢？

哈哈，这个问题其实很好回

答。虽然《临江仙·滚滚长江东逝水》的词里并没有提及哪个朝代，但它整体营造出的历史氛围指向的是英雄豪杰辈出的历史时期，而三国时期，正是历史上出现英雄豪杰最多的时期，包括诸葛亮、刘备、曹操、张飞、关羽、孙权、赵云、吕布等在内的三国豪杰，用各自的雄才伟略在乱世纷争之中名留青史，甚至三国英雄豪杰中的任何一位如果被单拿出来，他的人生经历都能像一部巨著一般精彩。

当然，历史是会随着时间的推移向后退，并逐渐淡出历史的舞台的。就像杨慎在这首词中写的，"古今多少事，都付笑谈中"，历史上那些轰动一时的英雄豪杰，最终都会随着时间慢慢降温，成为后人的谈资。

其实，这一点并没有很难让人接受，因为世间万物是不断发展的，虽然英雄豪杰会淡出历史舞台，但后人对他们的记忆却不会凭空消失，他们的影响也会持续存在。说白了，后世之人只不过是换了一种方式来看待古今世事罢了！

科学图解·古诗中的虚指

　　熟读古诗词的小朋友们，肯定会发现这样一个有趣的现象：有时候，古诗词中出现的数字，其含义并不是数字本身所表示的意思，而是带有虚指的成分。

　　特别是"三、七、九、千、万"等数字，如果它们在古诗词中出现，往往都是虚指，比如下面这些诗句：

> 天台一万八千丈，对此欲倒东南倾。
>
> 飞流直下三千尺，疑是银河落九天。
>
> 春种一粒粟，秋收万颗子。
>
> 千山鸟飞绝，万径人踪灭。
>
> 浊酒一杯家万里，燕然未勒归无计，羌管悠悠霜满地。
>
> 烽火连三月，家书抵万金。
>
> 千门万户曈曈日，总把新桃换旧符。

　　以上诗句中出现的数字、量词，都是虚指，并不表示具体的数量多少。

　　当然，除了数字、量词外，古诗词中还有不少表示虚指的量词，比如《临江仙·滚滚长江东逝水》这首词中的"几度"，就表示虚指，意思是"好几次"。

　　小朋友们，看到这里，你们脑海里有没有想到其他表示虚指的字词或是诗句呢。快来试试看吧！

自然篇

ZIRAN PIAN

渡荆门送别

唐·李白

渡远^①荆门^②外，来从楚国游。

山随平野^③尽，江入大荒^④流。

月下飞天镜，云生结海楼^⑤。

仍怜故乡水，万里送行舟。

注释

①远：遥远。②荆门：山名，古有"楚蜀咽喉"之名，地势十分险要。③平野：指地势平坦开阔的平原。④大荒：指广阔无边的田野。⑤海楼：指江上云雾形成的美景，也就是海市蜃楼。

翻译

不远万里，我乘舟来到荆门，想去看一看楚国境内的历史景象。

巍峨的高山慢慢地退后，开阔的平原逐渐显现在眼前，那一片宽广的江水，也仿佛流入了广阔无边的田野中去。

倒映在江水中的月影，好似从天上飞来的明镜一般，那空中斑斓的云雾勾勒了一幅海市蜃楼的美景。

即便如此，我依然最喜爱故乡的江水，它一路伴着我奔流不息，和我一同去到远方。

读诗词，学自然

《渡荆门送别》是诗仙李白青年时期的作品，写这首诗的时候，李白刚刚离开蜀地，正在去往楚国故地的旅途上。这一路上，李白兴致勃勃地乘船而行，经过了巴渝，从三峡而出，一直向着荆门之外出发。

荆门山素来就有"楚蜀咽喉"的名号，那里的地形十分险峻，险峰林立，河道蜿蜒绵长，转过一个弯又是一个弯。

乘船走完如此险要的地段后，李白终于渡过了荆门山，看到了长江两岸的另一番景象：看——高耸的山峰消失了，蜿蜒的河道不见了，一望无垠的低平原野突然出现在眼前，奔腾的长江仿佛汇入了这片原野之中，无比辽阔。

小朋友们，看到如此壮阔的景象，你们肯定和当时目睹这些景象的李白一样，内心无比的豁然开朗，甚至还从这幅景象里获得一种积极向上的蓬勃力量呢!

等一等,你们不会以为李白看到的壮阔景象就只有这些吧,下面就请睁大你们的双眼,和李白一起领略另一幅激动人心的景象吧!

快看!滚滚长江从荆门山倾泻而下,继而减缓流速,汇入一望无际的平野之中,在夜晚月光的映照下,江面上浮现出一轮明镜的倒影;等到了白天,这轮明镜消失不见了,取而代之的是江与天交界处的海市蜃楼,这幅景象可是荆门一带特有的奇妙美景!

海市蜃楼,小朋友们肯定都不陌生,它是自然界中特有的一种光学现象,经常出现在江面和海面之上。海市蜃楼出现时,人们可以在天空中看到现实世界里才有的高楼大厦,看上去就仿佛在天空中同样存在着一个真实的世界,奇幻无比。

科学图解·海市蜃楼

　　作为一种光学现象，海市蜃楼是因为光的折射和反射现象而形成的自然景象，简单来说，就是被地球上的物体反射出去的光，在经过大气的过程中发生了折射现象，从而会在空中产生虚像。

　　一般来说，海面和江面上出现海市蜃楼的概率比较高，原因是这种地方的空气湿度较大，在太阳的照射下，海面和江面的温度升高，水蒸气开始上升，在这个过程中，光线的传播就会出现折射和反射的情况，特别是在没有风的天气条件下，光线就会发生全发射，从而在空中形成幻影。

　　当然，海市蜃楼的出现并不是随时随地的，相反，它的出现和具体的地理位置、地理环境条件以及气象特点等因素有着十分密切的联系，通常呈现"同一地方反复出现"和"出现时间相对一致"两大特点。

　　所以说，能够看到海市蜃楼的景象，还是很幸运的，如果小朋友们有幸看到它，一定记得拍照留念！

秋风引

唐·刘禹锡

何处秋风至①？萧萧②送雁群。
朝③来入庭树④，孤客⑤最先闻。

注释

①至：到。②萧萧：形容风吹动树木的响声。③朝：清晨。④庭树：指庭院里的树。⑤孤客：孤独的旅人。

翻译

不知道这萧瑟的秋风是从哪里吹来的，在一阵萧萧声中，一群群大雁从空中飞过。

清晨时分，萧瑟的秋风从庭院里的树丛间吹过，孤身在外的旅人最先听到了这阵响声。

读诗词，学自然

《秋风引》是唐代诗人刘禹锡的代表作之一，也是一首颇有名气的表达思乡之情的诗歌。

在古代，文人墨客总是喜欢借景抒情，通过对景物的描写，将心中的情感流露出来。在众多景物中，"秋风"是个极具代表性的创作对象，一说到秋风，人们眼前就会浮现出一幅萧瑟荒凉的景象，就比如诗人刘禹锡在这首诗里描绘的——凄冷的庭院里，早已干枯的树木在秋风的吹拂下，发出窸窸窣窣的响声，一群大雁伴着这阵响声展翅南飞，留给人们的只有渐行渐远的背影。

此情此景，总是不由得让人百感丛生，特别是对那些远离家乡、孤身在外的游子来说，秋风的到来，总会让他们心生孤寂，思念家乡。

当然，除了秋风，刘禹锡在这首诗里还用了另一个创作对象来表达自己的思乡之情，那就是大雁。每到秋天，随着太阳直射点的南移，北半球开始进入一年之中较为寒冷的秋冬季节，这一时期，北方大地几乎寸草不生，一片荒凉萧瑟的景象。为了获得更好的生存物资和生存环境，大雁们

会成群结队地聚在一起，阔别日渐寒冷的北方，一路向着温暖如春的南方飞去。

就连大雁都知道在艰难时刻寻求温暖的港湾，漂泊在外的游子却无法回到故乡的怀抱去享受温暖的庇护，这样的对比，怎么能不让诗人动情呢？

科学图解·风的形成

说到风，相信小朋友们都不陌生。风是存在于自然界中的一种自然现象。

风是怎么形成的呢？其实它的成因很简单：当太阳持续照射大地，地表的温度逐渐上升，这时，位于地表的空气就会因为"热胀冷缩"往上升腾，从而出现空气流动的现象。当这些受热膨胀的空气上升到一定高度，就会遇到高空中的冷空气，这样它们之间就会出现冷热抗衡的情况，这一部分的空气会在冷热空气的相互作用下上上下下地运动起来，最终产生风。

平日里，我们遇到的风都是充满"善意"的，但在极端恶劣天气条件下，风就会变成可怕的"怪兽"，它们的名字也变得五花八门——台风、飓风、龙卷风。光是听名字就能感受到这些风的可怕，它们不仅会摧毁房屋、破坏建筑，而且还会对人类的生命安全和大自然的和谐稳定造成灾难性的危害呢！

　　所以说，别看风在古代是文人墨客笔下抒情达意的对象，但当它发起威来，也是相当可怕的！

临安春雨初霁①

宋·陆游

世味②年来薄似纱，谁令骑马客③京华？

小楼一夜听春雨，深巷明朝④卖杏花。

矮纸⑤斜行闲作草⑥，晴窗细乳⑦戏分茶。

素衣⑧莫起风尘叹，犹及清明可到家。

注释

①霁：指下过雨或雪之后放晴。②世味：人情世故。③客：客居。④明朝：第二天清晨。⑤矮纸：指短纸或小纸。⑥草：指草书。⑦细乳：指沏茶的时候，茶水表面的白色泡沫。⑧素衣：原意是白衣，此处是诗人对自己的谦称，意为"素士"。

翻译

如今的人情世故，淡薄得就如同薄纱一般，谁让我骑马来到这繁华的京都，并客居于此呢？

住在小楼里，淅淅沥沥的春雨滴滴答答地响了一夜，明天早上，这悠长的小巷里肯定会响起叫卖杏花的喊声。

　　铺平短纸，拿起笔悠然自得地写写草书，在明亮的窗户边煮上一壶茶水，细细品味。

　　清明节快到了，到时候就能回到故乡，如此一想，也就不怕自己会被京都城里的风尘沾染了。

读诗词，学自然

　　《临安春雨初霁》是南宋大诗人陆游的作品，不同于其他诗人含蓄表达情感的创作方法，陆游在这首诗的开头两句里，毫不避讳地将自己的情感表达了出来，不难看出，陆游的性格还是比较直爽的。

　　小朋友们肯定都有过这样的感觉：在下雨天，人的心情会莫名地有些忧伤。不信你们看，陆游在这首诗里就描述了这样一个让他略感忧伤的雨夜，小朋友们快来和我一起去陆游笔下的雨夜看看吧！

　　在繁华无比的京都城里，人们虽然衣着鲜丽，但彼此冷漠，陆游在这个热闹的地方感受不到一丝温暖。他独自住在小楼里，听到外面下着小雨，心中的孤独感更加强烈，对家乡的思念也就更加浓厚，以致他一晚上没睡觉，听了整整一夜的雨声！

　　要知道，作为一种自然现象，雨可是古代诗人表达情感时最常用到的对象。

　　和雨所能表达的丰富情感一样，自然界中的雨也是多种多样的，有细如牛毛的毛毛细雨，有连绵不断的阴雨，有突如其来的倾盆大雨。一般来说，生活中最常见的雨有四种形式：第一种是锋面雨，也可以叫梅雨，这是海洋的暖湿气流和陆地冷空气相遇后形成的雨水；第二种是对流雨，也可以叫雷阵雨，经常会在夏季出现；第三种是地形雨，是海洋暖湿气流遭遇山脉后形成的雨水；第四种是台风雨，经常发生在沿海地带。

　　小朋友们，看到这里，你们是不是觉得雨可真是个神奇的自然现象呢？哈哈，别着急，更神奇的还在后边呢！

科学图解·雨的形成

要知道，无论是地球上的植物还是动物，甚至是我们人类自身，都离不开水的滋养。正因如此，作为一种自然现象，雨的地位可是十分重要的，它不仅是地球水循环系统中不可或缺的一部分，更是地球上最为重要的淡水资源！

小朋友们，下面就和我一起来了解一下雨是怎么形成的吧！

当太阳持续照射大地时，地球上的水会因为受热而变成水蒸气，接着，这些水蒸气就会蒸发并不断上升到高空中去。我们都知道，高空的气温是非常低的，这些受热蒸发的水蒸气和高空中的冷空气相遇后，就会凝聚在一起，变成直径为 0.01—0.02 毫米的小水滴。

　　随着时间推移，这些小水滴相互聚集，并最终形成云朵，此时，依然会有连绵不绝的小水滴向云朵聚拢，这些小水滴在云朵里相互碰撞、相互融合，最终汇集成更大的雨滴。由于云朵能够承载的雨水量是有限的，一旦云朵中的雨量达到饱和状态，那么空气就再也无法托住云朵里的雨滴，这时，云朵中那些超负荷的大雨滴就会从云中掉落，然后洒落到大地上，这个过程就是下雨啦！

江雪

唐·柳宗元

千山鸟飞绝①，

万径②人踪③灭。

孤④舟蓑笠⑤翁，

独钓寒江雪。

注释

①绝：没有。②万径：指千万条路。③人踪：人的脚印。④孤：孤零零。⑤蓑笠（suōlì）：指蓑衣和斗笠，是古代用来防雨的工具。

翻译

群山峻岭间的鸟儿都消失不见了，无论是哪条路，都看不到有人走过留下的脚印。

辽阔的江面上，一位身披蓑衣、头戴斗笠的老者，正独坐舟上，对着寒冷的江面垂钓。

读诗词，学自然

江 雪

　　《江雪》是唐代诗人柳宗元创作的一首五言绝句，比起这首诗传达的情志，人们更喜欢这首诗描绘的景象。柳宗元只用了二十个字，就为我们勾勒出一幅凄冷幽静的冬日江雪美景，不难看出，柳宗元还真是个极富才华的诗人呢！

　　小朋友们，快看！

　　高耸入云的群山之间，一条被白雪覆盖的大江安静地躺在那里，四周没有一丝动静，不管是鸟兽还是行人，全都不见踪迹，唯一能看到的，就是江面上的那个黑点。小朋友们，快凑上前仔细瞧一瞧！啊哈，原来这个黑点是一叶扁舟啊，上面坐着一位头戴斗笠、身披蓑衣的老人，此刻，在这万籁俱

寂的深山雪景中，只有他独自一人在江面上垂钓呢！

　　哇，这是多美的一幅画面啊！小朋友们，看到这里，你们是不是想去雪地里玩耍了呀，别急别急，出去玩之前，咱们先来了解了解雪吧！

　　和雨一样，雪也是一种常见的自然现象，常发生于秋冬季节。当然，雪的本质其实就是水，降雪其实就是另一种形式的降水。

　　就像我们肉眼看到的一样，雪是一种白色不透明的物质，如果用显微镜来观察，会发现雪其实是由大量不透明的雪晶和雪团组成的。从外形来看，雪的形状大多是六角形，而具体的雪花样式又是五花八门的，科学家用显微镜观测过成千上万朵雪花，也没有发现两片一模一样的雪花。

　　要知道，雪花不仅漂亮，而且还很有用呢！冬天下雪，白白的雪花覆盖在大地上，会对地上的植物起到保温作用，等到了春天，厚厚的白雪开始融化成水，又会进一步滋润大地，为接下来的农作物种植打好基础。而这，就是人们常说的"瑞雪兆丰年"！

科学图解·雪的形成和降落

小朋友，你们知道雪是怎么形成的吗？

其实，雪的形成过程和雨一样，都是水蒸气蒸发凝固而来的。只不过，由于冬天的气温很低，云朵中凝结的雨滴会结成冰晶，当它们的数量超过云朵的承载量后，就会像雨滴降落一样，从云朵里掉下来，成为我们看到的雪花。

那么，雪花从云朵中掉落后，要多久才能落到地面呢？事实上，无论是雪花还是雨滴，都是从高达六千多米的高空中掉下来的。不同的是，雨滴因为自身重量要比雪花重一些，所以它从空中落到地面需要三分钟左右，而雪花因为自身重量较轻，在掉落的过程中会受到诸如风吹等阻力影响，所以从出发到着陆，雪花大概需要一个小时才能完成降落哦！

七月十九日大风雨雷电

宋·陆游

雷车动地电火明，急雨遂^①作盆盎倾。

强弩^②夹射马陵道^③，屋瓦大震昆阳城。

岂独鱼虾空际^④落，真成^⑤盖屦舍中^⑥行。

明朝雨止寻幽梦，尚听飞涛溅瀑声。

注释

①遂：于是。②强弩：强劲的弓，硬弓。③陵道：陵墓的甬道。④空际：天边，空中。⑤真成：真是，的确。⑥舍中：家中。

翻译

轰鸣的雷声，耀眼的闪电，天地在顷刻间陷入电光石火之中，突如其来的急雨顺势变大，从空中倾盆而下。

就像强劲的弓箭飞快地射向甬道，又似昆阳城里被敲得连连作响的瓦片一般。

雨势之大好似鱼虾从天而降，的确只能在家里边踱步了。

等到明天早上雨停了，出门去寻找昨夜的幽梦，可能依然能听到惊涛拍浪的声响。

读诗词，学自然

《七月十九日大风雨雷电》是宋代诗人陆游的作品，从诗名不难看出，这首诗重点描述的是诗人在七月十九日那天看到的电闪雷鸣、风雨交加的景象。小朋友们，下面就请跟我一起去看看诗人当时究竟看到了些什么吧！

小朋友们，快听——沉闷的雷声像火车声一般在天边响起，轰隆隆地朝远方飘去。小朋友们，快看——刺眼的闪电像一把利剑，划破了漆黑的夜空，看上去就像是天空的肚子裂了一个口子似的。

哇，这幅景象实在是太震撼了！小朋友们，你们看见过闪电、听见过雷声吗？

就像动画片《海尔兄弟》的主题歌里唱的"打雷要下雨，雷欧——下雨要打伞，雷欧——"，在夏天的雨天里，经常能看到雷电出现，天空里电闪雷鸣的，要是胆小一点的人，肯定会被吓得躲起来。

其实，和风、雨、雪一样，雷电也是一种自然现象，包括了打雷和闪电。如果按照雷电出现的地形和气象条件来划分，那么自然界中的雷电大致可以分为三类：第一，热雷电，经常发生在夏日午后，持续时间较短，常伴有暴雨、冰雹等气象；第二，锋雷电，又可以细分为冷锋雷和暖锋雷两种；第三，地形雷电，常常在较为空旷的地区发生，具有规模小、频率高的特点。

日常生活中，我们常看到的雷电是热雷电，小朋友们肯定都有过这样的经历：晴朗的夏日午后，天空突然乌云密布，还没等人们反应过来，一场倾盆大雨就来了，紧接着，黑沉沉的天空中会出现亮眼的闪电，时不时还有轰隆隆的雷声传来。

不过，这样的天气并不会持续太久，没一会儿，黑压压的天空又会变得晴朗，如果幸运的话，还能在雨后晴空看到美丽的彩虹呢！

科学图解·雷电的形成

下雨的时候，天空中的云朵有正极和负极之分，这就像是电路图里的正负极一样。当正极的云和负极的云碰撞在一起，就会释放出闪电。这时，空气中会散发出巨大的热量，由于受热膨胀的原理，被瞬间加热的空气会和周围温度较低的空气产生碰撞，并最终通过推挤运动使得空气中发出如同爆炸一般的响声，这就是我们听到的雷声。

在这个过程中，雷电就形成了。

从本质上来看，雷电其实就是雷雨云中的放电现象。看到这里，小朋友们肯定会纳闷：为什么冬天没有雷电现象呢？

其实，雷电的出现需要满足两个条件：第一，空气中有充足的水汽；第二，空气中有剧烈的对流运动。在冬天，气温较低，地面上的水也不如夏天多，空气中的水汽不充足，所以很少会有雷电天气出现。

题^①西林壁

宋·苏轼

横看^②成岭侧^③成峰，远近高低各不同^④。

不识^⑤庐山真面目，只缘^⑥身在此山中。

注释

①题：书写，题写。②横看：从正面看。③侧：从侧面看。④各不同：各不相同。⑤不识：无法辨别。⑥缘：因为。

翻译

从正面看，庐山好似连绵起伏的山岭，从侧面看，庐山又如同巍峨耸立的山峰，无论是在远处还是在近处，无论是从高处又或是从低处，不同的角度看庐山，它会呈现出各不相同的景象。

我之所以无法辨别清楚庐山的本来样貌，是因为我本人身处庐山之中。

读诗词，学自然

《题西林壁》是宋代诗人苏轼创作的一首哲理诗，全诗以庐山为描写对象，通过对庐山不同角度、不同形态变化的描写，向人们传递了深刻的哲理。小朋友们，你们知道这首诗传递的哲理是什么吗？

其实，诗人苏轼想通过这首诗告诫人们：看待事物应该从全面客观的角度出发，这样才能获得正确的认识。短短二十八个字，就包含了如此深刻的人生哲理，不得不说，苏轼真是一位了不起的诗人。小朋友，你们觉得呢？

当然，和苏轼一样了不起的，还有这首诗中描绘的庐山。

庐山是我国著名山岳之一，海拔高达1474米，坐落在江西省九江市庐山市境内，有着"中华十大名山"之称。从外形来看，庐山的山体整体呈现椭圆形，除主峰汉阳峰外，山上还有171座有名号的山峰，此外还有许多散落在群峰之间的冈岭、壑谷、岩洞、瀑布、溪涧、湖潭等。

　　要说庐山的景观，向来是以雄、奇、险、秀著称，甚至还被人们冠上了"匡庐奇秀甲天下"的美誉。小朋友们肯定都听过三叠泉瀑布吧，它就是庐山著名的景观之一，这座瀑布的落差高度为155米，偌大的瀑布从高往下，看上去真的就像李白诗中写的那样——飞流直下三千尺，疑是银河落九天。

科学图解·山的形成

　　小朋友们，庐山是"中华十大名山"之一，那你们知道中华十大名山里除了庐山，还有哪些有名的山吗？

　　看仔细喽！除了庐山，"中华十大名山"里还有：山东泰山、陕西华山、安徽黄山、吉林长白山、四川峨眉山、福建武夷山、山西五台山、台湾玉山以及西藏珠穆朗玛峰。

哇，原来我们国家有这么多巍峨的名山呀，小朋友们有机会的话，一定要去看一看哦！

看到这里，大家肯定还会疑惑：为什么山都比地面高出很多呢？山是怎么形成的呢？其实，山也算是地球上的一种自然景观，它的形成大多是因为受到了火山作用或者是大陆板块发生碰撞，使得地球表面出现断裂、隆起等现象。

就拿地球上最高的山——珠穆朗玛峰来说，这座大山刚好位于欧亚大陆

板块和印度－澳洲板块之间，海拔高达 8848.86 米，它是因为两个大陆板块之间发生猛烈地碰撞、挤压而形成的。

这实在是难以想象，究竟是产生了多大的冲击力，才能让地球表面隆起像珠穆朗玛峰这么高的一座山呐！不过，珠穆朗玛峰虽然很高，却依然有许多登山爱好者勇攀高峰想要征服这座地球之巅。当然，珠穆朗玛峰可不是轻易就能攀登的，因为这可是件危险度极高的事哦！

比起冒险去攀登珠穆朗玛峰，如今人们更喜欢山的旅游休闲功能。比如在炎热的夏天，人们会选择去山里边避暑纳凉，边看着漫山遍野的美丽景色，边享受诸如露营、攀岩之类的娱乐活动，这一刻，人与山也算是达到了自然和谐统一的状态了！

小 池

宋·杨万里

泉眼①无声惜②细流，树阴照水③爱晴柔④。

小荷才露尖尖角⑤，早有蜻蜓立上头⑥。

注释

①泉眼：指泉水的出口。②惜：吝惜，舍不得。③照水：指映在水里。④晴柔：指晴天里柔和的风光。⑤尖尖角：指露出水面但未开放的荷叶尖。⑥上头：上面。

翻译

因为舍不得涓涓细流，泉水口悄无声息地流淌着，因为喜欢晴天里柔和的风光，树荫将自己倒映在水里。

　　水中娇嫩的荷叶刚吐出尖尖的小角，就有蜻蜓迫不及待地站在它上面了。

读诗词，学自然

　　《小池》是宋代诗人杨万里的代表作，全诗短小精悍，仅用二十八个字就勾勒出一幅景色宜人、生机盎然的小池美景，不得不说，诗人杨万里的创作功力还是非常雄厚的！

　　小朋友们，快来和我一起看看这首诗中描绘的美丽景色吧！你们看——清澈的池塘里，一股清泉涓涓流淌，旁边有绿树环绕，池中矗立着清新的荷花。快看！在那娇嫩的荷叶尖上，正有蜻蜓驻足……哇！这幅池塘美景也太

棒了吧!

　　说到这里，小朋友们，你们见过池塘吗？其实，池塘是比湖泊小的水体。在湖泊里，人们需要坐船游览，而在池塘里，由于这里的水并不是很深，因此人们常常会使用类似竹筏的水上工具渡过。

　　池塘里的水，有人工和天然两种收集方式，人工方式其实就是人们通过灌溉引水的方式，让水汇聚到池塘里。天然方式其实指的就是收集存在于大自然之中的水，比如天上降下的雨水、地下水、山泉水等，这些天然水都是池塘得以形成的重要组成部分。

　　如今，相比于自然界中的池塘，人们更多的是在建筑环境中看到池塘，比如一些主打自然景观的景区中，常常会有池塘，再比如一些注重景观建设的小区、公园里，时常也会有池塘。

科学图解·泉水

作为池塘的水源之一，泉水是地下水的一种。

不知道小朋友们有没有看到过这样的景象：在翠绿的山林里，长满绿草的山间石缝中，有一股清流缓缓流出，连绵不绝，它们汇聚成一小股清透的水柱，坚毅地从山间倾泻下来。这股清流，就是人们常说的泉水。

如果我们按照泉水的流水状况来划分，可以将它分为间歇泉和常流泉两种，顾名思义，间歇泉就是时断时续的泉水，而常流泉就是一直流动的泉水。

　　小朋友们，别看泉水水流量不算大，但它的价值可是非常大的哦！大家都喝过矿泉水，要知道，泉水就是矿泉水的来源之一，它可是人类理想水源中不可多得的选择！

　　除此以外，泉水还是非常重要的旅游景观和旅游资源。就拿我国来说，诸如北京玉泉、济南趵突泉、杭州虎跑泉、镇江金山泉、南京珍珠泉、大理蝴蝶泉……这些远近闻名的泉水，创造了非常大的旅游价值呢！

大林寺桃花

唐·白居易

人间四月芳菲①尽②，山寺桃花始③盛开。
长恨④春归无觅⑤处，不知⑥转入此中⑦来。

注释

①芳菲：指盛开的花，也可指美丽的春景。②尽：凋谢。③始：刚刚。④长恨：常常惋惜。⑤觅：寻找。⑥不知：岂料，想不到。⑦此中：指大林寺。

翻译

人间四月，美丽的春景早已到了尾声，盛开的鲜花也都凋零了，但这时，大林寺里的桃花才刚刚开始绽放。

过去常常会惋惜春去后无处寻找美景，却没想到美丽的春景已来到这深山之上的大林寺里了。

读诗词，学自然

《大林寺桃花》是唐代诗人白居易的作品。要说这首诗的创作过程，可以用"信手拈来"四个字来形容。大约在公元 817 年，时值初夏，白居易一路来到隐藏在深山之中的大林寺，忽然发现不同于山下芳菲已尽的景象，这里的桃花刚开始绽放，呈现一片盎然之景。看到这样的美景，白居易有感而发，提笔叙怀，于是，这首诗就诞生了，甚至还成为唐诗中的一首珍品。不得不说，白居易"诗王"的名号真不是白得的！

说起桃花，自古以来，也是文人墨客抒情达意的对象之一。除了这首《大林寺桃花》，以桃花为对象的诗歌还有崔护的《题都城南庄》、袁枚的《题

桃树》、陆游的《泛舟观桃花》等，不难看出，桃花还是很受诗人们喜爱的！

其实，除了文学价值外，桃花作为一种植物，还具有非常高的观赏价值和药用价值呢！

要知道，桃花的原产地就是我国，每年的 3 月～6 月，就是桃花的花期。到那时，我国北方等地的桃花就会大面积盛开，各式各样的以桃花为主题的活动就会如期举办。

比起桃花赏心悦目的观赏价值，它自身的药用价值更值得人们关注。桃花含有许多药用的化学成分，特别是在中药领域具有很大的利用价值，能起到消水肿、通便秘、疏通经络等作用。

看到这里，小朋友们是不是觉得桃花更可爱了呢！

科学图解·各色各样的花

除了桃花，自然界里还有很多其他种类的花，比如菊花、梨花、杏花、兰花、百合花、杜鹃花等。

无论是哪种花，它们在本质上都归属于花卉这一类别。虽然不同的花有着各不相同的形状，但花的结构大致包括花梗、花托、花萼、花冠、花被、

雄蕊以及雌蕊这几部分。

从花卉的自然属性来看，花其实是被子植物的器官之一，是专门用来繁衍和生殖后代的。正是因为这样，所以我们才会看到，诸如桃树、梨树、杏树之类的树木在开完花后，就会在花朵凋落的地方长出结实的果实，它们就是通过花朵繁衍而来的植物后代。

当然，花除了用来观赏、入药、结果外，还具有很重要的节日意义，并且不同的节日要送的花也是不一样的，因为每种花都有各自的花语呢！

比如每年的母亲节，如果要给妈妈送花的话，首选康乃馨，不同颜色的康乃馨，其花语也是不一样的：桃红色的康乃馨寓意健康长寿，黄色的康乃馨寓意感恩之情。

小朋友们，你们记住了吗？等下个母亲节到来，记得给自己的妈妈送束康乃馨！

水调歌头·明月几时有

宋·苏轼

丙辰中秋，欢饮达旦，大醉，作此篇，兼怀子由。

明月几时有？把酒①问青天。不知天上宫阙②，今夕是何年。我欲乘风归去，又恐琼楼玉宇③，高处不胜④寒。起舞弄⑤清影，何似⑥在人间。

转朱阁⑦，低绮户⑧，照无眠。不应有恨，何事⑨长向别时圆？人有悲欢离合，月有阴晴圆缺，此事古难全。但愿人长久，千里共婵娟。

注释

①把酒：端起酒杯。②天上宫阙（què）：指月亮上的宫殿，即月宫。③琼（qióng）楼玉宇：指想象中的月宫。④胜：承担、承受。⑤弄：玩弄，欣赏。⑥何似：怎么比得上。⑦朱阁：指朱红色的华丽楼阁。⑧绮户：指雕饰华丽的门窗。⑨何事：为什么。

自 然 篇

翻译

丙辰年的中秋之夜，和友人通宵畅饮，大醉而归后，写下了这首词，同时也是出于对弟弟苏辙的思念。

端起酒杯，我竟忍不住向上天发问，如何才能掌握月亮圆缺变化的规律呢？不知道此刻的月宫，是何年何月。我本想在清风的吹拂下扶摇而上，亲自去月宫里看一看，但又怕高处太过寒冷，我承受不来。起身在月光下跳舞，看着倒映在地上的影子，此刻人间的欢悦是月宫比不了的。

月亮缓慢地移动着，从朱红色的阁楼上经过，照在雕饰华丽的门窗上，而后又来到没有睡意的人身上。月亮应该对人们没有怨恨吧，但它为什么总会在人们分别的时候变得格外的圆呢？事实上，人世间的悲欢离合就如同月亮的阴晴圆缺，自古以来都是如此。希望相隔千万里的人们，能够长长久久地在一起，共同沐浴在同一片月光下，欣赏同一轮月景，就好像团聚时那般。

读诗词，学自然

《水调歌头·明月几时有》是宋代诗人苏轼的代表作。

从古至今，月亮就像是拥有七十二变的神奇魔力一般，在无数文人墨客的笔下变幻着，表达着各不相同的情感。就拿苏轼的这首作品来说，在阖家团圆的中秋之夜，诗人借着酒劲对着圆如玉盘的月亮发问，尽情地抒发着心中的愤懑和不解。

小朋友们，你们看！圆圆的月亮顺着阁楼往上爬，皎洁的月光照耀着大地，这么美的月色，人间本应该是一片团圆热闹的景象，那为什么诗人却独自一人在月色下举着酒杯，看上去分外孤独呢？

其实，在浩瀚的宇宙中，比起其他星球，月亮并不孤独，因为它始终围绕着地球旋转，是地球唯一的卫星，也是地球最友好的伙伴呢！

当然，除了地球，月亮还有另一个伙伴，那就是太阳，它们分担了地球的昼与夜，共同构成了地球的每一天、每一月、每一年。

正是因为这样，我们才会将太阳和月亮亲切地称为"太阳公公""月亮婆婆"呢！

科学图解·月亮的变化

小朋友们，你们知道吗？其实月亮并不像我们看到的那样闪闪发亮，相反，月球上是没有光的，它是通过反射太阳的光来发亮的。从位置上来看，月亮和地球同处太阳系，地球围着太阳旋转，月亮围着地球旋转。这样的位置关系，让月亮投射到地球上的位相有着各不相同的变化。

一般来说，月亮的位相会在每个月呈现如下的变化顺序：新月（每月月初）——蛾眉月——上弦月（每月初七初八）——盈凸——满月（每月月中）——亏凸——下弦月（每月二十二三）——残月（每月月末），周

而复始。

每个月初一，由于月亮刚好位于地球和太阳之间，因此人们只能看到月亮的暗面，这就是所谓的"新月"。

到了每个月初七初八，此时月亮和地球、太阳之间的位置关系呈直角，也就是月地连线与日地连线成90度角，人们看到的月相呈半圆形，并且亮面朝西，这就是所谓的"上弦月"。

每月十五十六，月亮运行到地球外侧，地球运行到太阳和月亮之间，此时人们能看到月亮呈现一轮圆月，这就是所谓的"满月"，是月亮在一个月中最大最圆最亮的时刻。

接下来，到了每个月的二十二三，日、月、地三者又会呈现直角关系，月相再次变为半圆形，亮面朝东，此时就是"下弦月"了。

最后，每个月的月末，月相只剩一点点模糊可见的影子，也就是所谓的"残月"。接着，随着新一个月的到来，月亮又会开始新一轮的变化哦。

说到这里，小朋友们，你们掌握月亮在一个月之内的位相变化规律了吗？

登鹳雀楼

唐·王之涣

白日^①依^②山尽^③，黄河入海流。

欲^④穷^⑤千里目^⑥，更^⑦上一层楼。

注释

①白日：太阳。②依：依傍。③尽：消失。④欲：想要。⑤穷：使达到极点。⑥千里目：眼界宽阔。⑦更：再。

翻译

太阳紧挨着山峰慢慢沉下去，直至消失，黄河向着大海奔流而去。如果想要看到更广阔的风景，那就再往上攀登一层高楼吧。

读诗词，学自然

　　《登鹳雀楼》是唐代诗人王之涣的代表作，诗歌后两句是传颂千古的佳句，表达了一种积极向上的人生态度，小朋友们一定要记住哦！

　　值得一提的是，因为这首诗，鹳雀楼"一炮而红"，成了我国自古以来的热门景点，小朋友们去过鹳雀楼吗？

　　鹳雀楼位于我国山西省永济市蒲州古城，是一栋始建于北周的古建筑，相传曾有鹳雀栖息于此，于是有了"鹳雀楼"的名称。

　　自古以来，人们登上鹳雀楼的一大目的，就是想亲眼看看从这里流过的

黄河的磅礴气势。提到黄河，小朋友们肯定不会陌生，它可是中华民族的母亲河，孕育了华夏文明。

　　黄河的源头，位于青藏高原巴颜喀拉山北麓的约古宗列盆地，从这里开始，黄河顺势而下，一路流经了青海、四川、甘肃、宁夏、内蒙古、陕西、山西、河南以及山东共九省（自治区），最终汇入渤海。

　　从黄河的样貌来看，它基本呈现一个大"几"字形，蜿蜒曲折，横跨了我国的西部、中部和东部三大地理区域，当之无愧为我国的第二大长河，屹立于世界长河之林。

　　看到这里，小朋友们是不是都有点蠢蠢欲动了呢？是不是都迫不及待地想要登上鹳雀楼，将黄河的磅礴尽收眼底呢？

科学图解·黄河的产生

　　作为我国的母亲河，黄河全长 5464 千米，流域面积近 80 万平方千米。

　　正如"黄河"这一名号，黄河和其他河流最大的不同，就是它具有较高的泥沙含量，这也使得它的水流整体呈现土黄色，果真是做到了"名副其实"。

　　之所以会这样，是因为黄河流经了我国的黄土高原地区，这里植被稀疏，黄土覆盖，当黄河从这里经过时，就会冲走大量的泥沙。相关的数据调查表

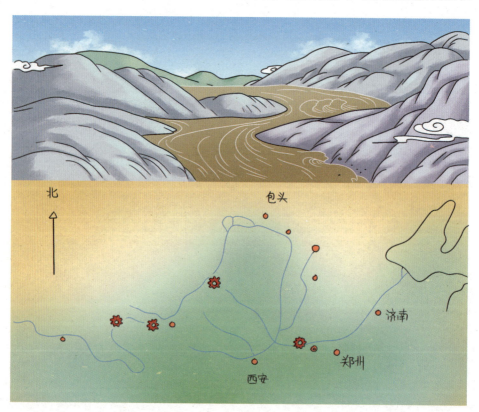

明，每年黄河都会携带走 16 亿吨左右的泥沙，并且其中将近 3/4 的泥沙最终都会流入大海之中。

说到这里，小朋友们肯定好奇黄河是怎么产生的。

其实，黄河的产生离不开地质作用的影响。大约在 115 万年前，黄河的发源地上仅有一些相互独立的湖盆。后来，随着地质运动和地壳变动的影响，我国大陆西部的高原不断向上抬升，这一地区的湖盆、河流不断拓宽流域面积和河道，这一过程大约持续了 105 万年，最终，原本独立的湖盆相互连通，共同构成了黄河的雏形。

就这样，在距今 10 万至 1 万年，黄河才得以成型，成为我国北方的大河，一路由西部高原流入东部海洋。

山 中

唐·王勃

长江悲已滞①，万里②念将归。

况③属④高风⑤晚，山山黄叶飞。

注释

①滞：停滞。②万里：形容归程很长。③况：何况。④属：恰逢，正当。⑤高风：秋风。

翻译

滚滚长江向东流去，我在外停留了很长时间，如今和故乡之间相隔万里，我无时无刻不想着回去。

何况如今已经入秋，萧瑟的秋风从山中吹来，漫山遍野的树叶都变黄、枯萎了。

读诗词，学自然

《山中》是唐代诗人王勃的代表作，也是一首极具代表性的思乡诗。

在这首诗中，诗人王勃化身为天涯游子的形象，通过长江、秋风、黄叶、山野等极具典型的自然之景，酣畅淋漓地将自己身在异乡想念家乡的感情表达出来。

小朋友们，读完整首诗，你们眼前有没有浮现诗人天涯游子的形象呢？你们有没有感受到诗人心中浓浓的思乡之情呢？

要知道，诗人王勃在这首诗里流露出的思乡之情，堪比长江一样悠长！

说到长江，想必大家并不陌生，它可是我国第一大长河、世界第三大长河，全长 6387 千米，仅次于尼罗河和亚马孙河。

和黄河一样，长江也是华夏文明的重要发源地之一，它的源头位于青藏高原的唐古拉山脉各拉丹冬峰西南侧，一路蜿蜒曲折地流经了青海、西藏、四川、云南、重庆、湖北、湖南、江西、安徽、江苏、上海共 11 个省区，最终在崇明岛东侧汇入东海。

比起黄河，长江的气势更为恢宏磅礴，而它自古以来也是不少文人墨客笔下的创作对象，除了这首《山中》，以长江为描写对象的古诗还有李白的《渡荆门送别》《望天门山》、杜甫的《梅雨》、杨基的《长江万里图》等。

如果小朋友们想感受长江的澎湃气势，可以读读这些作品，或者可以和家人一起去长江看看，到时来个长江乘船之旅，简直棒极了！

科学图解·长江的组成

作为我国第一大长河，长江最显著的一个特点，就是水系繁多。

长江的干流可以分为上游、中游和下游三部分，其中，宜昌市以上的流域被划分为上游，全长 4504 千米，占长江总长的 70.4%；宜昌市至湖口县的流域被划分为中游，全长 955 千米；湖口县以下的流域被划分为下游，全长 938 千米。

同时，长江还有很多支流，雅砻江、岷江、沱江、嘉陵江、乌江、清江、汉江、湘江、资水、沅江、澧水、赣江、抚河、信江、饶河、修河等，都是

长江的支流，其中嘉陵江的流域面积最大，岷江的年平均流量最大，汉江的流域长度最长。

　　除了丰富的支流，长江还产生了许多湖泊，诸如洞庭湖、鄱阳湖、太湖、巢湖等著名湖泊，都属于长江水系。

　　看到这里，小朋友们是不是惊讶得张大了嘴巴，没想到长江的水系竟然这么丰富！

送元二使①安西②

唐·王维

渭城朝雨③浥④轻尘，客舍⑤青青柳色⑥新。

劝君更尽⑦一杯酒，西出阳关无故人⑧。

注释

①使：出使。②安西：安西都护府，位于今新疆库车。③朝（zhāo）雨：清晨下的雨。④浥（yì）：湿。⑤客舍：驿馆。⑥柳色：此处喻指离别。⑦更尽：再喝完。⑧故人：老友。

翻译

清晨刚至，渭城里就下起了毛毛细雨，雨滴轻轻打湿了路边的尘土，驿

馆旁边的柳树看上去更加翠绿了，离别的脚步也更近了。

等出了阳关，就再也见不到昔日老友了，所以，请你再喝完一杯离别之酒吧。

读诗词，学自然

《送元二使安西》是王维的代表作，全诗以送别友人为主题，详细介绍了离别的时间与地点，并对当时的环境作了细致入微的刻画。

小朋友们，快让我们一起来看看古人离别的场景是怎样的吧！

你们看——伴着清晨的微微细雨，驿馆里的离别时刻到来了。路旁的尘土被雨水打湿，苍翠的柳树变得更加青翠，仿佛都在为这场离别做准备。临别之际，再喝一杯酒吧，就当是送给彼此最好的祝福。

熟读古诗的小朋友们肯定都知道，这首诗里的"柳树""细雨""酒"

几个意象，除了为诗歌构筑景观外，还有更重要的一个作用，那就是象征离别，从而和诗歌的主题相契合，要知道，我国自古就有"折柳送别""饮酒饯别"的习俗。

其实，在古诗中，诗人们常常会用一些具体的事物来象征离别，这是古人借物咏情的常用手法，将人的情感转移寄托到具体的事物上，这么浪漫主义的做法，当然是我国博大精深的诗词文化才有的呀！

除了这首诗中提到的几个意象外，古诗中用来象征离别的意象还有很多，比如春草、江水、长亭、兰舟、鹧鸪、西风、残阳等。

哇，不得不说，我国古人的智慧还真是无穷无尽呢！

科学图解·古代重要关隘

《送元二使安西》这首诗中最为人熟知的一句就是"劝君更尽一杯酒，西出阳关无故人"，这一句也被视为最契合离别主题的诗句。

小朋友，你们知道这句诗里的"阳关"指的是哪里吗？

阳关其实是我国古代的一个关隘，位于玉门关南边，在今甘肃省敦煌市西南的古董滩。在古代，阳关的地位可是十分重要的，它不仅是我国古代中原人抵御西北游牧民族入侵的重要防护屏障，而且还是古代丝绸之路的重要关隘之一，是中原通往西域及其以外的地方的重要门户之一。

事实上，我国古代有很多类似阳关的重要关隘，比如众所周知的居庸关、山海关、雁门关、函谷关、平型关、宁武关、嘉峪关、玉门关等，它们大多都是为战争而建造的，有着十分突出的军事战略作用。

当然，这些重要的关隘也成为古人文学创作的对象，不少诗歌就是以古代关隘为主题创作的呢！小朋友，你们能说出一两首吗？

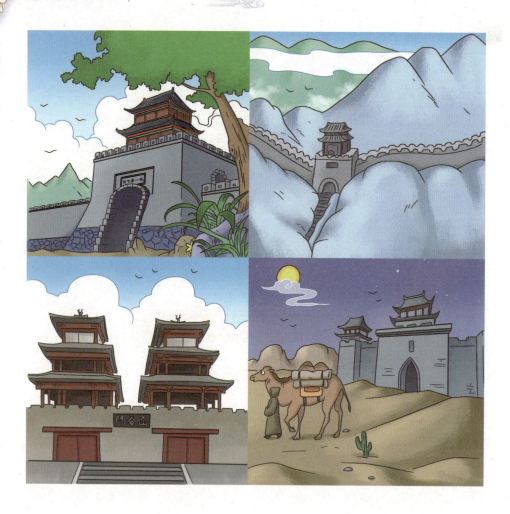